欢迎来到实力至上主义的教室 ⑩

真岛智也

A班班主任，与茶柱、
星之宫是旧相识。

鬼头隼

A班武斗派头号
人物，外表不
像高一学生。

坂柳有栖

A 班的领导者，一
个为胜利不择手段
的少女。

我今天想和哥哥说的是……
请给我勇气。

说吧，你要和我说什么？

如果她在这里说什么想和哥哥言归于好之类的话，

那两人的对话就继续不下去了。

学会转头就走。

以前的铃音或许会这么说，可是……

欢迎来到实力至上主义的教室 ⑩

c o n t e n t s

欢迎来到实力至上主义的教室

〔日〕**衣笠彰梧** 著
〔日〕**知世俊作** 绘
新鲜 译

人民文学出版社
PEOPLE'S LITERATURE PUBLISHING HOUSE

著作权合同登记:图字 01-2019-4312 号

YOUKOSO JITSURYOKUSHIJOUSHUGI NO KYOUSHITSU E Vol.10
© Syougo Kinugasa 2019
First published in Japan in 2019 by KADOKAWA CORPORATION, Tokyo.
Simplified Chinese translation rights arranged with KADOKAWA CORPORATION,
Tokyo through Timo Associates Inc., Japan.

图书在版编目(CIP)数据

欢迎来到实力至上主义的教室.10/(日)衣笠彰梧
著;(日)知世俊作绘;新鲜译.—北京:人民文学
出版社,2021(2024.1 重印)
ISBN 978-7-02-015914-7

Ⅰ.①欢… Ⅱ.①衣…②知…③新… Ⅲ.①长篇小
说-日本-现代 Ⅳ.①I313.45

中国版本图书馆 CIP 数据核字(2020)第 008841 号

责任编辑 卜艳冰   王皎娇   何王慧
装帧设计 钱 珺

出版发行 人民文学出版社
社   址 北京市朝内大街 166 号
邮政编码 100705

印   制 上海盛通时代印刷有限公司
经   销 全国新华书店等

字   数 170 千字
开   本 787 毫米×1092 毫米   1/32
印   张 9.25
版   次 2021 年 10 月北京第 1 版
印   次 2024 年 1 月第 4 次印刷

书   号 978-7-02-015914-7
定   价 45.00 元

如有印装质量问题,请与本社图书销售中心调换。电话:010 - 65233595

平田洋介的独白

对我来说，班里的朋友是弥足珍贵的存在。

……不，这么说可能有点不太准确。

对我来说，重要的是班级。

我自身非常清楚这两句话中所包含的奇妙矛盾。

我是为了守护重要的朋友而守护整个班级。

守住了班级，也就守住了朋友。

所谓班级，就是几十名学生所组成的一个团体。

有几十名学生，也就有几十种想法，很有可能因为一些小事而产生争执。

所以我必须守护他们。

不知从何时起，对于我而言，对于我这个存在而言，守护班级成了我的课题。

但是……这并不是真正的、本来的我。

我原本并非班级的中心人物。

甚至可以说存在感极低。

拿 C 班来举例的话，以前的我和绫小路同学类似。

因此我偶尔会将他和过去的自己重叠。

不过我变了。

在那件事发生后，我不得不改变……

我有一个发小。
从幼儿园到初中，我们一直都在一个班。
而那个发小在我没看到的地方被欺凌，自杀未遂。
可以说，他活下来纯粹是个奇迹。
他当时就算死了也不奇怪。

那天。
从那天起，我的命运发生了改变。

我开始思考怎样才能消灭霸凌。

可我失败了。
用错误的方法压制住了全班。
虽然结束了班级内的纷争，但同时也带走了大家的
笑容。
而现在，相同的状况又出现在我眼前。
我不可以重蹈覆辙。
这是我摸索出的一个答案。
唯一能守护班级的方法。

那就是——

眼前是一脸惊讶的同学们。

"堀北……你能不能给我闭嘴?"

我的话毫无理智。

粗鲁而且野蛮。

这句话里所包含的并非愤怒也非悲伤。

包括堀北同学在内,所有人都带着异样的眼光看向了我。

没关系了。

事已至此,无所谓了。

在这最糟糕的特别考核就要结束的时候。
我……我……

暴风雨前的宁静

期末考试已经过去了好几天，从今天开始就正式进入三月了。

今天，周一，大家翘首以盼的期末考试结果将公布。

若不及格，则要接受退学处罚。

"老师，是现在公布结果对吧？"

池屁股离开凳子，身子前倾，急着询问老师。

"别这么着急，很快你们就知道了。"

茶柱照例将带进教室的大纸展开。

在这所学校里，大部分事情都是用手机和线上告示板进行通知，唯独涉及退学的笔试成绩一直以来都是按照这种方式进行公布。

"你觉得自己这次考得不错，池？"

"这个……呃……我这次用心学习了……"

"你努力学了，但还是有点担心啊。"

茶柱笑了一下，那表情不像是惊讶，反而稍显古怪。

对于每次成绩都在下游的池来说，再怎么勤学苦练，自然都会不安。

"须藤觉得怎么样？你可是次次倒数。"

他本应该是最不安的学生。

一直以来的所有考试、所有科目，他几乎都是最后一名，茶柱本以为他的回应会和池一样，但从他嘴里蹦出来的话颇令人意外。

"……我还是有点自信的，绝对及格了。"

"哦？"

须藤除了运动没有其他擅长的东西，可这次能从他的表情和声音中看出某种自信来。

他当然还是和池一样稍许有些不安的。

但凌驾于不安之上的努力和经验给须藤带来了自信。

与堀北一起反复学习掌握的知识和考试前临阵磨枪记住的东西不一样，是根植在自己头脑中的，这一过程缓慢而又漫长。

堀北作为辅导须藤学习的老师，脸上也没有丝毫的担心。

呃，她对于须藤现在得意忘形的样子倒是多少有些看不过眼。

"学生的成长过程真是有意思，看不透谁会进步，结果也总是超出我的预期。那么，接下来就公布期末考试结果吧，看你们一个个的都等不及了。"

考试结果被张贴在了黑板上。

接下来茶柱将画出及格线。

而及格线之下的人会被强制退学。

"这次的结果是……"

茶柱手拿红笔抵在纸上，直直画了一条线。

那条命运的红线。

红线的下方……是空荡荡的。

也就是说……

"全员完美及格，这次的结果无可挑剔。"

茶柱宣布我们C班所有人都及格了。

"耶!"

池率先叫了出来。

这是命悬一线的时刻吧，垫底的人是他。

"真是轻轻松松就过了啊，哈哈哈哈……好险!"

他反复确认红线是在自己名字的下方。

"我也就前几天稍微学习了一下。"

倒数第二名的山内接着池说道。

"春树你可别说大话了，我记得你之前不是没日没夜地学习吗?"

"是吗? 哈哈哈哈哈!"

不管如何，二人反正都及格了，没人会对此不满。

茶柱看着二人的反应，眼神中似乎带了一丝的温柔。

不过考试结果着实让人意外。

池是最后一名，山内倒数第二，然后依次是本堂、佐藤和井之头。

参考须藤此前的成绩，这对他来说是一个很大的进步。

"这一年里考试成绩进步最大的就是须藤，你相信自己能够合格这一点同样也值得表扬，期待你未来的进步。"

茶柱表达出了和我相同的感想。

"嘿嘿，小意思。"

须藤虽然嘴上这么说，但看他的样子还是很享受老师的这番夸奖。

另一方面，成绩靠前的学生基本上没有发生变化。

启诚是第一名，高圆寺位居第二。启诚本就学力颇高，平时对学习也毫不怠慢，所以守住了第一，但高圆寺却是个迷，平常没有学习的样子，也从不和谁讨论学习，若他单纯利用自己所掌握的学力就考到了这么好的成绩，那么其潜力可能在启诚之上。高圆寺的成绩排名并不固定，或许是因为他会依照考试的变化而采取不同的对策。堀北是第三名，记得她不太擅长英语，不过这次成绩不错，应该也是在和须藤一起学习的过程中实现了自身的进步吧。

"老师，其他班结果怎么样呢？"

"和你们一样顺利通过了，班级平均分的话，你们是第三名。"

至于哪个班是第一、第二以及垫底这个问题，不用问结果就已经明了。

"要想超过A班和B班，必须把整体成绩提得更高啊。"

　　堀北没有为暂时的成绩而骄傲自满，而是仔细地将排名和分数记录了下来。

　　目前的现状是，排名靠前的人成绩接近满分，几乎没有提高的余地，只能将垫底的，也就是最低分给拉上来。

　　"帮须藤把成绩提高了这么多，真有你的。"

　　"这是他自身努力的结果，这次对薄弱部分进行了彻底攻破，有点用。"

　　须藤不擅长的科目和堀北一样是英语，但这次成绩突飞猛进。

　　看样子两个人应该把学习重心放在了英语上。

　　"我在想，下次考试的时候是不是能够再提高一些，当然了，前提条件是他得保持现在这个学习劲头。"

　　这一点应该不必担心了，只要有堀北在，须藤就会继续努力。

　　须藤自己应该也对学习这件事上手了。

　　或许在不久的将来，他就会进入班级的上游。

　　"池和山内同学都超出了及格线一定的分数，看来定期举行学习会是正确的。接下来，只要我身边的某人能够再加把劲，班级平均分就能再上一个台阶吧。"

　　"现在已经是我的极限了。"

　　我的成绩和往常一样，不好不坏，这次是第

十八名。

"我不信，你早晚也得尽全力。"

"那我尽量朝你期待的方向努力。"

总而言之，这次大家顺利通过了考试，值得高兴。

池和山内等勉强安全地通过了的学生都松了一口气，互相开着玩笑，而作为 C 班班主任的茶柱静静地看着。

"我就简单说一句，你们这次做得不错，值得表扬。"

很少表扬自己班级学生的茶柱最近也发生了改变，也许她早就预料到了这次所有人都能够顺利通过考试。

"太好啦！"

"但是啊，池，高兴过头可就不好了，特别考核暂且不提，像这种考查学业的笔试，及格是理所当然的事情，而且从全国范围来看，这次笔试的难度也并非最高的。"

和这一年来的笔试进行比较的话，这次考试确实有一定的难度，但是不把题目出得太难，也是为了照顾学校的颜面。

"高兴得差不多了。"

教室笼罩在欢快的氛围之中，而茶柱一句话就将其打破了。

事情的发展总是这样。

"你们应该也差不多猜到了，笔试结束并不代表一切的终结，之后会举行大型的特别考核，和往年一样预计于三月八日开始。"

茶柱说道。

三月八日，也就是下周一。

虽然笔试考核刚刚结束，但这一学年没剩多少日子了，这么快就进行特别考核也很正常。

而三年级学生好像除了这个，还有其他好几个特别考核在等着他们。

"不管怎么样，这次特别考核是本学年最后一次，大家齐心协力，一起努力吧，没有人退学，我们也有可能升到 A 班。"

听着平田的鼓励，同学们齐齐点头表示赞同。

而茶柱看着眼前发生的事情，似笑非笑。

"你们或许真能坚持三年，而没有一个人退学，我很期待。"

离班会结束还有一会儿，但茶柱没有再继续往下说。

"怎么感觉这已经是能从老师那里得到的最好的表扬了呢？"

池和山内很是高兴。

"可不要掉以轻心哦，下周本学年的最终特别考核也绝不会简单。"

淡淡地提醒了一下众人，茶柱给班会画上了句号。

1

一年级的日子所剩无几。

趁上午课间休息时间，我去了趟厕所。

在回来的路上，看到两个相识的二年级和三年级学生在谈话。

是学生会会长南云和原会长堀北学。

南云立刻感觉到了我的存在，应该只是偶然。

他向我招了手，这下子就不能装作没看见直接回教室了。

"哟，绫小路，通过期末考试了吗?"

南云的问题很是直率，与他不同，堀北哥哥只是静静地朝我看了过来。

"差不多。"

无趣的对话就这么开始了。

"你这态度可不像是在学生会会长面前应该有的。"

"……抱歉。"

我稍微端正了一下态度，不知道这样能不能让他满意，不过好歹比刚才要好。

"哎，算了，我正好有一件事要问你。"

好像在庆幸周围没有其他人，南云高兴地开了口，

"告示板上写了许多流言，就像是为了转移大家对一之濑帆波事件的注意力一样，你知道那件事到底是谁

做的吗？"

他就像在试探我，不对，或者他是想说他已经看穿我了。

不管南云手里掌握了多少信息，我的态度都不会发生改变。

"是谁呢？我完全不知道，给我带来了麻烦倒是事实。"

"对了，你也是受害者，内容是什么来着……"

"关于那件事，校方已经通知了不可以再议论，学生会会长应该也不例外。"

我本来不应该用这种态度和他说话。

"绫小路同学说得对，南云，你说话还是小心点吧。"

在堀北哥哥的帮助下，南云不再继续这个话题了，看样子这也不是他关心的重点。

"你们二位在这里聊什么呢？"

"我有点事情要找堀北前辈商量，是吧？"

南云的眼神里带着某种目的，堀北哥哥静静点头。

可是两个人聊天所选的地点颇为奇怪，这里是一年级所在楼层，为什么要选在这里商量事情呢？

"关系到堀北学长能否以 A 班身份毕业的重要战役的前哨战，明天就要开始了，就在一年级和二年级的特别考核之前，你也有兴趣吧？"

　　三年级学生和我们不一样，比我们的特别考核多也不奇怪。

　　不管什么时候开始都有可能。

　　虽然不知道南云想让我说什么，我还是老实回答吧。

　　"我并没有什么兴趣，毕竟也没有工夫去关心高年级学生的事情。"

　　听到我的回答，南云有些不满。

　　"真是冷漠呢，你明明也是堀北学长关照的学生之一。"

　　我不记得自己被他"关照"过。

　　事实上在外人看来，这一年里堀北哥哥和我只有过屈指可数的几次接触。

　　"不，应该说是你受到了他的特殊对待，但绫小路，这并不是因为你特别，单纯是由于你所处环境碰巧很特殊。哦，那儿有一个一年级学生正担心着这边的情况呢，还和你是一个班的。"

　　一年级学生？我回过头，看到了正远远望着这边的堀北。

　　现在这个组合如果说是偶然的话未免也太巧了。

　　"是你把她叫出来的吗，南云？"

　　"和学长的妹妹打声招呼也是有必要的吧，从下个学期开始，就是我作为学生会会长带领学弟学妹前进了。"

看来堀北哥哥和妹妹在场都是南云计划好的。

唯一偶然的存在就是我。

"过来吧。"

南云大大咧咧地叫堀北妹妹过来。

"……是南云会长给我发的邮件吗？"

"是的，你就是堀北学长的妹妹？"

"嗯……我是堀北铃音。"

因为哥哥就在身旁，所以堀北回答得畏畏缩缩。

"没想到堀北学长的妹妹竟然开学后被分到了 D 班，真是意外。"

"南云你的目的是什么？"

堀北哥哥没有正眼看自己的妹妹，直接质问南云。

他安排这样一个局应该是有目的的。

可南云却摇头加以否认。

"我只是想见见学长和您妹妹。"

或许是想要看看情况。

堀北哥哥意识到了这一点，于是先发制人。

"我丑话说在前头，你不要以为利用我妹妹就能使我让步。"

"使你让步？怎么会呢，我怎么会对学长的妹妹，还是这么可爱的学妹下手呢？"

"为了胜利不择手段不就是你的做派？"

面对堀北哥哥的严厉指责，南云没有肯定也没有否认。

"不管怎么说，学长是不是太见外了，应该早点告诉我您有妹妹，这样我还能早些邀请您妹妹进入学生会。"

"什么?"

没想到南云会这么说，兄妹二人都有些惊讶。

"等我毕业之后，学生会会长的位子就是学长妹妹的吧。给学校带来了无数荣誉的男人，他妹妹也配得上这个职位。"

"不要用血缘关系来衡量实力，我怎样和她没有任何关系。"

"……是的，我无法胜任学生会会长。"

堀北妹妹也附和哥哥，否认道。

我之前问她关于是否有意愿进入学生会的时候，她也是这么说的。

南云好像从堀北妹妹异常谦逊的态度中看出了什么端倪。

"今天暂且只是见个面，这件事以后再谈。"

他是不是真的想让堀北铃音进入学生会暂且不说，这话的意思就像在公开宣布，他以后也会来接触堀北妹妹，而这么做的原因或许是为了找出堀北哥哥的弱点。

"……那……那个，我就……"

就像是要从哥哥身边逃开一样，堀北妹妹想结束这次对话。

"学长不久之后就要离开学校了，不多疼爱一下自己的妹妹吗？"

"抱歉，我先告辞了。"

堀北觉得这个话题再继续下去的话哥哥会不开心，于是向着教室小跑回去了，兄妹二人关系之差显而易见。

"你们两个人关系'真好'，堀北学长。"

"你满意了吗，南云？"

不管南云有什么企图，对堀北哥哥来说都是无关紧要的事情。

"如果是我的话，一定会倍加珍惜和妹妹在一起的剩下的日子。"

这话多半是南云的煽动，但追随哥哥来到这所学校的堀北确实和自己的哥哥没有什么过多的接触。

"总而言之，学长，请一定要以 A 班身份毕业，向在校生们展示展示您的实力，万一掉到了 B 班可就惨了。"

那样的话就辜负了学校和学生们的期待。

压力也相当大……不对，他不是那种会把这点压力放在眼里的男人。

堀北哥哥意识到谈话已经结束，没有再多说什么，转身离开了。

和我这个前任学生会会长分出个高低就这么重要吗？

在之前的集训上，南云不择手段，联合三年级全体学生对堀北哥哥展开了攻击。

"当然了，打败堀北学长是我在这所学校里所剩的唯一目标。"

在这里几乎没有能让二年级和三年级学生进行直接对决的机会。

所以，他无论采用多么强制性的手段都要让这个目标成为现实。

"不过，到底怎么做还是要依考核内容还有堀北学长的意思而定。"

不论树多少敌人，南云都要在毕业之前和堀北哥哥决出胜负，虽然他说要看考核内容是什么，但恐怕不管怎样他都会插手。

因为能和堀北哥哥分出高低的时间已经所剩无几了。

"南云会长对下周开始的特别考核应该胸有成竹吧？虽说到了二年级，考核的难度不会低。"

"谁知道呢，不过你应该相当期待我摔跟头。"

休息时间快要结束，南云没有再继续说下去。

我很快回到教室，旁边的堀北看向我这边。

"你和南云会长，还有我哥……说了什么？"

"在意的话，你也留到最后不就成了？"

"这……"

哎，这也不可能，这个家伙在哥哥面前会变得和别人家的猫一样老实。

"话说你待在那两个人中间才叫不正常，你是被人盯上了吧，难道是因为体育祭上和我哥的接力比赛？"

她的吐槽太毒了，我就算再厉害也预料不到什么时候会发生什么事。

没办法将所有事情都做得完美。

"你这一年好像也没什么和你哥接触的机会。"

"……不行吗？"

我一说起她和她哥哥的事情，堀北就会立刻跳脚。

早知道就不提她哥哥了。

可是她明明很在意我和南云有没有说到她哥哥。

"在他毕业前你不打算和他好好谈一次吗？"

"你什么都不知道，哥哥是不会理我的，知道自己不被喜欢还主动去找人家，这太蠢了。"

所以她满足于和哥哥待在一所学校，选择了在近处默默守候。

"虽然我不想承认这一点，但能让我哥有兴趣的……只有你。"

不是这样的。

可我没有这么和她说。

现在说再多堀北也不会信。

20

若是她自己没有勇气去面对她哥哥，我说什么也没
有用。

"或许是这样吧。"

我结束了对话。

堀北应该还有不满没发泄出来，但也没有再继续说
下去了。

班级内部投票

第二天，三月二日，周二。

晨会。

响铃后不久茶柱就来了。

这是惯例。

教室里的气氛很是舒缓。

昨天刚通知了期末考试结果，大家都顺利通过了，而且现在离一年级最后的特别考核开始，也就是三月八日也还有一些日子，大家没有紧张感也是自然。

可茶柱站在讲台上，表情比以往要严肃得多。

她释放出来的紧张感传染给了在场的学生。

"请问……发生什么事情了吗？"

总是将班级稳定放在首要位置上的平田率先对茶柱进行提问。

茶柱没有立刻做出回答，只是继续沉默着。

那样子就好像不愿意开口说话。

一直以来，不管是多么严重的事情她都会毫不犹豫地告诉我们，因此大家很快意识到了事情的异样。

"我有一件事必须告诉你们。"

她不情愿地开了口。

表情依旧很严峻，但声音像是从喉咙深处拼命挤出来的一样。

"正如昨天所说，本学年最后的特别考核将于三月八日开始，通过考核也就意味着你们能够升入二年级，一般来说都是这样的。"

茶柱背过身去，拿起粉笔伸向黑板，

"但今年的情况和往年有稍许不同。"

"不同？"

感觉到事情不对劲的平田反问道。

"今年在期末考试过后还没有出现一个退学者，这在学校历史上还是首次。"

"是因为我们优秀吧。"

池插了一句话，但应该不是因为得意忘形。

若放在平时，茶柱可能会指责他。

"是啊，学校也承认这一点，正常来说这是件值得高兴的事情，校方也希望能有尽量多的学生顺利毕业，但必须说明的是，这和'预想情况不同'，而且这里面存在问题。"

这个措辞很是奇怪，平田和我旁边的堀北两个人都从中感受到了违和。

"听老师话里的意思，就像是因为没有出现退学者而感到困扰。"

"不是这样的，有时事态也会超出我的预料。"

明明是在说值得开心的事情，但茶柱的话语有些沉重。

为了改变这一状况，堀北接着问道：

"您想说什么呢？是我们有什么问题吗？"

不管堀北问了什么，茶柱接下来要传达的内容都不会改变，她并不是一个自由的存在，她是学校的人，承担着传达校方指示的任务。

"校方考虑到你们一年级学生里还没有出现退学者……"

茶柱停了一下。

将就要咽下去的话又挤了出来。

"今天将开始紧急实行追加特别考核，作为'特例对策方案'。"

她在黑板上写下三月二日、周二的日期，和追加特别考核这几个字。

"欸欸？！这是什么意思？追加特别考核，这也太糟糕了吧！就因为没有出现退学者就要追加考核，这不是胡闹吗？"

池大声叫嚷，但茶柱根本没有理他，学生是没有否决权的。

不对，或许是不得不无视他。今天的茶柱看上去比平日要慌乱些，这个考核很可能不是说出来吓唬大家的，而真的是紧急决定出来的。

24

"感觉和之前的情况有点不一样。"

堀北小声嘟囔，她明白现在表示反对也没有什么意义。

"只有通过了这一特别考核的学生才能参加三月八日的特别考核。"

茶柱进行了简短的说明，然后又顿了一下。

"我可不同意！为什么偏偏在这个时候进行特别考核？"

"你们会不满也是自然，这次特别考核是临时增加的，对比过去就知道，对学生而言多一个考核就是多一份负担，我和其他老师都深刻明白这一点。"

老师都深刻明白这一点，也就是说老师觉得这个追加考核有其不合理之处，但学校方面并不这么认为。

再增加特别考核对学生来说确实很痛苦。

假如像笔试一样考查学习能力的考核，学生必须展开新一轮的学习，体力考核也是一样，需要制定对策。

不管哪种，强加给学生都是残酷的。

话虽如此，也不可能因为学生有意见就会取消特别考核，茶柱继续往下说：

"考核内容极其简单，各班退学率也低于百分之三，这并不高。"

退学率低于百分之三。

这么一听好像确实挺低。

但恐怕这个追加特别考核与以前的笔试不太一样。

因为没必要在一开始就特意把退学率说出来。

之前的考核里从来都没有用过这个词。

意识到了这一点的学生越发不安起来。

我看了旁边的人一眼，正巧她也看了过来，我们两个人偶然间对视了。

"怎么了，绫小路同学？"

"没有，没事。"

"没事你还看我的话，就让人有点不得劲了。"

"……是啊。"

我移开视线，看向了窗外。

教室不大，不管眼睛看向哪里，说的东西全听得见。

"到底是什么考核？要考查我们哪种能力呢？"

"你们好像很担心这个，但没必要。追加的特别考核与智力体力什么的没有一点关系，也不需要提前准备，当天参与即可，就跟在试卷上写上自己的名字一样简单，退学率可只有百分之三，是不是不高？"

她还是不谈及考核的内容。

"……和难易度没有关系，对于我们来说这百分之三是很恐怖的。"

"正如你所言，平田，我不是不懂你们害怕这个数字的心情，但能否降低这百分之三的可能性就要看你们到正式考核为止的行动了，你们应该也明白这是什么意思。"

"这个百分之三的数字是怎么得出来的呢？听老师的意思，不会是单纯抽签决定的吧？"

这个数字足够班里出现一个退学者。

茶柱嘴上说得轻松，但对学生来说负担是超出想象的。

最先认识到这件事的平田抓住了这一点。

"请告诉我们，到底是什么样的特别考核？"

"考核的名字是……班级内部投票。"

"班级内部投票？"

茶柱在黑板上写下了这次考核的名字。

"接下来对特别考核规则进行说明，从今天开始的四天内，你们要对同班同学进行评价，然后选择三名值得赞赏和三名应该被否决的学生，在周六的考核当天进行投票，仅此而已。"

学生之间互相进行评价，简单来说，像平田和栉田那样的学生就能得到很多的赞赏票而占据上风，与之相对，被认为是给班级添了麻烦、在拉后腿的学生就会得到很多的否决票，落到后面去。

从它占用原本是休息日的周六进行投票就可以看出其紧急性。

但是听茶柱的发言，排名在前和在后的人……

"就……就这些？这是考核吗？"

"没错，就这些，我不是说了吗？这是个简单的考核。"

"这怎么判定通过与否、成绩优劣呢？"

"我现在说。"

茶柱紧握粉笔，在黑板上奋笔疾书。

"这个特别考核的关键在于投票结果的赞赏票和否决票的数量，排名靠前的人……也就是获得了大量赞赏票位居第一的学生会得到特别奖励，这个特别奖励不是个人点数，而是引入的一种叫作'保护点数'的新制度。"

从未听过的东西。

所有人都对它有兴趣。

"保护点数就是，万一受到退学惩罚，可以使其无效的一种权利。就算考试不及格，消耗掉的也只会是该人所持有的保护点数。不过，不可以将这个点数转让给其他人。"

一时间，班里炸开了锅。

"你们应该也明白这个点数的厉害，它的价值足以匹敌两千万个人点数。但对于没有退学担忧的优秀学生来说可能没什么太大的用处。"

没有用是不可能的，不论是谁都想拥有一次能使退学惩罚无效的权利，不会有学生不欢迎它。

这一奖励非常豪华，不对，是太奢华了。

感觉这个保护点数也能在不同的操作下成为超强的武器。

但奖励豪华的程度也变相证明了排名靠后的人所面临的惩罚之深重。

"那排名倒数的三个人会面临什么不好的事情吗？"

平田不安地问道。

"不，这次的惩罚对象只有得到最多否决票的一个人，其他学生不管有多少否决票都没关系，因为这个追加考核的核心就是'选出第一名和最后一名'。"

"什么样的惩罚呢？"

"这次追加特别考核有一点和以前的很不一样，即这场考核是为了打破'没有出现退学者'这一现状而实施的。"

没错，学生们应该担心的是实施这场追加特别考核的理由。

因为尚未出现退学者而进行的考核，那么……

"特别考核的难易度就像刚刚所说的那么简单，学力低或不擅长运动都没关系，那么，学校为什么要设置这么一个考核，还准备好'保护点数'这一打破常规的报酬呢？就是因为，不可能让所有人都升到二年级。"

茶柱看向在场的每一个人。

"是的，最后一名的学生……要离开这所学校。"

进行投票，产生结果。

出现第一名和最后一名。

最后一名要退学。

这必然会发生。

再优秀的班级结果都一样。

只存在退学者的不同。

真的要开始这种考核了啊……

此次的追加考核是因为校方看不惯没有退学者这一现状而决定进行的。如果在追加考核过后还是没有出现退学者，那么追加考核就没有意义了。

我的脑海中闪过理事长，即坂柳父亲的样子。我们只见过一面，虽然不至于将这个人看透，但他看起来不像会进行这么无情的考核。

"什……什么意思啊老师？最……最后一名，真的……要退学？"

"对，要上'断头台'，不过你们放心，即使出现了退学者，班级也不用接受惩罚，就是这么个考核。"

这和此前的考核明显不一样，以前虽然每个人退学的可能性不同，但每个人都拥有免于退学的可能，可这回，规则规定一定要有人牺牲。

这就是校方准备的"特例"。

因为要强制退学，所以提出了"保护点数"这么个有吸引力的东西。

但还是不合算，要背负的风险实在太大了。

"你们可能觉得这很荒唐，作为老师的我也这么觉得，但是既然学校已经决定了便不能再反抗，只能遵守规定，挑战特别考核。"

"不会吧……"

刚刚通过期末考试的班级里再度乌云弥漫。

到了周末，这个班里就会有一个人离开。

"离投票日没剩几天了，我接着说明一下规则，班里学生所获得的赞赏票和否决票将会在投票结束后全部公开，也就是说所有人的票数都会公布出来，但由于采用的是匿名投票的方式，学校不会公开是谁给谁投的票。"

这种形式的考核确实必须匿名才行。

先不说赞赏票，谁给谁投了否决票这一点就会持续影响班级关系。

"还有，赞赏票和否决票可以相互抵消，假如一个人拿到了十张否决票，但是得了三十张赞赏票，相互抵消一下，还会有二十张赞赏票的富余。无论是赞赏票还是否决票都不能投给自己，也不能重复给一个人投票。"

"弃权……比如能只投赞赏票吗？"

"当然不行，赞赏票和否决票都要投三张，就算当天身体不适没来学校也要进行投票。"

即投空票和弃权都不行。

有好几个学生抱住了自己的脑袋。

对于认为自己会拿到否决票的学生来说，这是一场充满威胁的考核。

越是对班级没什么贡献的学生就越有压力。

"……没事的，现在还不必绝望。"

平田安慰池他们。

"老师刚刚说的是'恐怕不可能'，也就是说，有别的出路。"

以前的考核会玩这种文字游戏，并在其中准备出路。

但这次又如何呢？

老师用了"恐怕"这个词仅仅是因为还有其他方法吗？

"虽然不太好办，但确实存在防止退学者出现的方法。"

"什……什么方法啊，堀北？"

"投票机制是选三个人投赞赏票，选三个人投否决票，那么只要全班团结起来控制投票方向，可以做到最终全员得到的赞赏票和否决票抵消成为零票。这么做的话就不会有人沦落到最后一名，对不对？"

"没……没错！不愧是铃音！"

如果全班所有人都能够按照指示行动，这一方法确实可行，但只要有一个人没有按指示投票，那么那个被背叛的学生就会沦落到退学的境地。

毕竟第一名将会得到保护点数这一奖励充满魅力。

讨厌堀北的栉田或许是个大问题，但只要调整一下即可解决，比如把给堀北投否决票的任务交给她，便能够在一定程度上避免危机。而且最终的得票结果会公布出来，可以查明谁没按指示做。

也就是说背叛之人最终会露出马脚，不能悄悄做坏事。

"刚刚堀北所说的控制票数的方法是没有意义的。"

"为什么，老师？"

"这场特别考核必须决出'第一名和最后一名'，不管是刻意还是偶然，当产生每人票数都为零票这一结果的时候，将再次进行投票，直到决出退学者。"

这一下子就堵住了好多学生的出路。

"那……这个规则是不是有点奇怪呢？选出值得赞赏和否决的学生，然后偶然产生了零票这一结果，那么就算再次投票，结果也不会变，偏要强行揪出一个学生来，这种行为不恰当吧？"

"堀北，你的逻辑是正确的，我承认若是偶然成了零票，却要重投一次这一行为自身是矛盾的，但是你现实一点，在这场考核里，全班所有人都偶然成了零票，这是不可能的，不是吗？"

茶柱的指摘很合理。

如非人为控制，零票这一结果是不会产生的。

"……那如果有两个及以上的人并列第一名或最后一名怎么办？"

这两种情况也很关键。

"不管是哪种情况，都会进行最终投票，如果票数还是一样的，就会采用学校准备的特别方法来决定优劣，这一方法在现阶段还不能告诉你们。"

看来，只有在最终投票之后票数还是一样的情况下才会告诉我们。

不过，走到那一步的可能性应该极低。

"不必担心，需要进行最终投票的可能性无限接近于零。"

茶柱又补充道。

"为什么呢？这是很有可能的吧？"

"理由就是……你们还需要给其他班的学生投赞赏票。"

"其他班？"

"你们要在另外三个班里选出一个值得赞赏的人，并将票投给他，这会作为赞赏票计入最终结果。也就是说，如果存在不受班里人欢迎，但被其他班的所有人喜欢的学生，就算抵消掉否决票，也有可能得到八十张左右的赞赏票。"

原来还有这不受控制的一百多张赞赏票。

那么，因为票数相同而需要进行最终投票的可能性就一下子下降了好多。

这下追加考核的全貌便清晰可见了。

追加考核·班级内部投票

考核内容

每人拥有赞赏票和否决票各三张，在班级内进行投票。

规则一

赞赏票和否决票相互抵消，赞赏票减去否决票等于结果。

规则二

不管是赞赏票还是否决票都不能投给自己。

规则三

给同一个人重复投票、投空票、弃权等行为均不可。

规则四

在决出第一名和最后一名之前不断重复考核，最后一名退学。

规则五

每人拥有投给其他班级学生的专用赞赏票一张，必须投出。

以上就是追加考核的内容。

毫无疑问，这是一场非常简单的考核。

可它的内容称得上是有史以来最残酷的。

到了周末，这个班里还有其他班里的"某个人"会离开。

但是……

"老师，为什么要加一个'恐怕'呢？规则怎么听都不存在空子可以钻。"

"没错，的确不存在空子可以钻，不过，里面有不确定要素也是事实，你们应该隐隐约约感觉到了，用了个人点数的话事情就会不一样。"

"意思是可以用点数抵消掉退学处罚？"

"两千万点数，要是能准备这么多钱便能够取消退学。"

所以才用了"恐怕"这个词啊。

学校默许可以转移个人点数，就是默认了可以使用它来进行交易，能拿钱买赞赏票。

这也被认为是一种实力。

这一年自己向周围人展现的"能力"。

通过考核积攒下来的"资金能力"。

又或者是以友情为媒介的"团队合作能力"。

学校是在叫我们将它们尽情发挥出来。

"这是在开玩笑吧？两千万点数……"

"就算把C班所有人的点数加在一起都不够，是要从其他班借，还是求高年级学生，总之这肯定是一个不可能达到的数字。"

若是能够跨越班级和年级的障碍借到点数，这个数字确实有可能实现。

但要是问能不能为了守住C班的某一个人而筹到这么多钱，那就难说了。

就连A班和B班都不一定有这么多钱，就算有，也不一定会拿出来救一个学生。毕竟将积攒至今的财产全部用掉是相当有风险的。

"这是唯一一个能够与学校规则对抗的防守方法了，我可以断言，除此之外不存在任何能钻学校规则漏洞的途径。接下来就由你们自己判断决定。"

茶柱配合班会的结束时间结束了自己的发言。

随着老师的离开，学生的不安情绪也日渐高涨。

"怎么办怎么办？这真是魔鬼式考核！"

"你们男生太吵了！"

"什么意思啊你！是不是存心要把否决票投给我啊！"

男女生乱作一团，都在相互提防，一点也不客气。

"真是看不下去了。"

目睹了男女生之间的纷争，一个男生嗤笑道。

他是班里最特立独行的存在，高圆寺六助。

"在这儿吵也没有用吧？"

"你还在这儿优哉游哉的，你给班里添了多少麻烦，自己心里没点数吗？"

须藤质问高圆寺。

一直以来，高圆寺确实都在用他那无所谓的态度扰乱着班级秩序。

"无人岛考核还有体育祭的时候，你都自顾自弃权了吧？"

班里的视线都集中到了这两个人身上。

这是那些心里没底的学生所渴望的东西。

能有个挡箭牌在前面，让自己不至于退学。

"搞不清楚状况的是你哦，红发同学。"

高圆寺跷起二郎腿搭在桌子上。

"你好像以为这个考核是看过去一年的表现呢。"

"事实就是这样的！"

"那你就错了，是要看未来的两年。"

高圆寺否定了须藤针对性的发言，不对，是否定了全班的想法。

"啊？你在说什么胡话……"

须藤无法理解，估计以为这又是高圆寺的胡话。

"你听好了，这场考核就是个特例，正常来说出现退学者的班级要面临巨大的惩罚对吧？但这回完全没有，也就是说，这是个可以将'不需要的学生'除掉的机会。"

"所以说这个人就是你，班里的麻烦制造者！"

"不，不是我哦。"

"啊？你怎么敢说得这么肯定。"

"因为我很优秀啊。"

高圆寺以一种不容辩解的坚定态度直言不讳。

这让须藤有些退缩。

"我的笔试成绩总是在班级，不对，在年级前列，这次的期末考试与第一名就差一点点，要是我认真的话，第一名也是妥妥的，而且你自己也明白的吧？在身体素质方面我比你要厉害。"

高圆寺强调自己的潜力无穷。

"所……所以呢？你不认真对待的话又有什么用！"

"是的呢，所以我以后会'洗心革面'，在每一次考核中贡献自己的力量，成为一个有用的学生，你不觉得这对班级来说是件大好事吗？"

"什么？什么鬼，谁信啊！我比你要有用多了！"

须藤说得在理。

没有人相信高圆寺说的话，包括我在内。

谁也不觉得这个男人以后真的会变认真。

不对，实际上应该不会有任何变化。

大家都认为，一旦他通过了这场考核，就又会回到原来那个自由散漫的状态。

"那我反过来问一句，你说你比我有用，这话大家信吗？"

高圆寺向全班提问。

"不光是红发同学，谁也没办法保证以前没做过什么贡献的学生以后会做出贡献吧？像我这样光是嘴上说说的话，谁都能办得到，隐藏的实力才是真正被需要的东西，若是没有实力，说什么都不会让人信服。"

没有实力的学生说自己会一改前貌、努力奋进，和拥有实力的学生这么说，是不一样的。

看高圆寺的样子，一点都不担心别人会把否决票投给自己，落到最后一名，然后退学，反而他很欢迎这场追加考核。

但事实上高圆寺自身并非完全没有危险。

按照班里现在的舆论方向，很多人都有可能把否决票投给他。

因为他的话太直白露骨了。

然而，我心里其实赞成高圆寺的想法。

若是真为班级考虑，就有必要简单干脆地看待这个追加考核……

不以个人喜好为标准，而是为班级选出并除去无用学生的机会来了。

在此前的多次考核里，就算有出色的地方，只要存在短板，就可能会面临退学。说明白点，刚才和高圆寺对着干的须藤，他拥有超强的身体素质，但学习能力与之相反，在班里垫底，有一次还因为学力拉后腿，差点就要退学。但须藤在堀北的帮助下，正弥补着自己的短板，逐渐展示出了自己作为班级成员的价值。

大多数人都像须藤这样既有长处也有短处。

另一方面，也有不少人不仅没有长处，短处还会拉班级的后腿。虽说每个人都有成长的可能，但有些人的成长比较晚，有些人的成长程度低，而这场考核就发挥着优胜劣汰的作用。

但遗憾的是，目前这个班里认识到这一点的人好像只有高圆寺。

"你别再胡说八道了，我就是觉得你不配留在这里，这个想法是不会变的。"

"不管你的好朋友有多无能吗？"

"无能……你居然说他们无能？开什么玩笑！"

须藤狠狠地拍了拍高圆寺的桌子，看向高圆寺的眼神中饱含着愤怒。

"是吗？你果然只有这么点眼力吗？怎么想是你的自由……但估计这个班级就永无出头之日了，难怪是群残次品。"

高圆寺撩起头发，毫不介意他人目光。

但他反复的挑衅让须藤火冒三丈。

"你给我适可而止……"

"两位冷静一下，我们现在需要静下心来进行讨论。"

平田打断了须藤。

不知道这是他第几次像这样进行调解了。

这已经是司空见惯的事情，但须藤还在火头上。

"冷静什么冷静，平田，你倒是没事啊，毕竟最后一名肯定不会是你。"

"什么？"

池把矛头指向了平田。

平田确实是这一年里对班级贡献最大的人，所以说他是这场考核里最安全的人也不为过。在这场必须有人退学的考核里，处于安全位置的人说的话没有影响力。

"我……我也不一定啊。"

就算平田否认了，须藤也听不进去。

"听见了吧，宽治，平田说他不一定。"

"不不，只有平田大哥是安全的。"

　　山内和池与其说在焦虑，不如说在挖苦平田。

　　这也在情理之中。

　　恐怕谁都不会觉得平田有可能退学。

　　就算有人给他投了几张否决票，他能拿到的赞赏票也一定更多。

　　"……"

　　平田几次想开口，但话都堵在了嗓子眼。

　　而且现在处于刚宣布了追加特别考核的阶段。

　　大家正处于混乱的状态，谁也听不进去平田的话，更不用说冷静下来了。

　　"高圆寺我们接着论一论。"

　　"我和你已经没什么好说的了。"

　　"我可是还有好多话要和你说。"

　　须藤并不作罢，在场的人里唯一一个能制住他的就是……

　　"须藤同学，就说到这儿吧。"

　　"唔……"

　　听到堀北的声音，须藤马上就蔫了。

　　"不过是学习进步了一点，不要得意忘形。"

　　"不是，我这次没有……"

　　"请不要再说了。"

　　"……我明白了。"

　　短短几句话就将须藤完全控制住了。

堀北命令他回到自己的座位上，和高圆寺保持
距离。

"堀北同学，你帮了大忙。"

"和考核相比这是小事。"

堀北也从高圆寺身边走开，回到了自己的位置。

"辛苦你了。"

"做这种事情是浪费我的时间。"

她叹了口气，坐了下来。

"但……现在的情况真的很麻烦，虽然以前的班级
关系也没好到哪里去，但大家还是协作奋斗到了今天，
可是，现在又要强制性除掉某个人……这也太过分了。"

在这一混乱状态下束手无策的堀北感叹道。

"你觉得很过分啊？"

我自然明白她为什么会抱怨。

"你不这么觉得？"

"从入学的时候开始不就是这样吗？特别考核从不
简单。"

"……是啊，确实总是杀我们个措手不及，但我还
是觉得这次的考核有点荒唐。"

"确实有点像针对没有出现退学者这一情况展开的
报复行动。"

大家像堀北一样心怀不满也正常。

但是在这次的考核里，谁都不能只当旁观者。

　　班里所有人都有退学的风险，表面上一直不关心班级事务、在班里地位低下的我，也有成为否决票靶子的可能。

　　为了避免这一状况发生，或许还是早点布局比较好。

　　"我不能就这么应对考核……"

　　堀北嘟囔着，我从她的表情中感受到了某种强烈的意志。

　　之后班里还是持续着紧张的状态，早上的课就这么过去了。

1

　　午休时间，绫小路小组的成员们在吃完午饭后来到了咖啡店，一起商量这件事。

　　"啊，真是的，这也太讨厌了吧？居然强制让人退学，学校在想什么啊？！"

　　波瑠加嘴里叼着吸管，长长地叹了口气。

　　率先做出反应的是启诚。

　　"我也这么觉得，最不能容忍的就是班级内部必须自相残杀这一点，和以前倡导合作的考核完全不一样，真的理解不了。"

　　"就是啊，以前不管是什么考核，对手都是其他班级。"

　　明人也点头赞同启诚的发言。

"就因为一年级没人退学……这不是在耍我们嘛！"

今天上午所有人都冷静不下来，脸上都带着明显的焦虑。

肯定有许多学生对校方实施的这个"不太合理"的追加考核心怀不满，其他小团体可能现在也正和我们一样讨论着这个话题。

"真的不存在什么隐藏的方法了吗？小幸村你这么聪明，是不是能想出一两个来？"

启诚自然想不出来。

这个考核里的所有出路都被封锁掉了。

"我以为学校是不希望出现退学者的，但好像是我想错了。"

"学校其实希望出现退学者……"

本来还抱有一线希望的波瑠加表情变得严肃起来。

"所以还是不要抱有侥幸心理，这次的结果估计不容乐观。"

也就是说班里会出现退学者。

这个是怎么也逃脱不掉的。

"……可能到了周末，我们之中就会有人离开。"

一直一言不发，看样子很是不安的爱里微微晃了晃脑袋。

即使不愿意想象这样的未来，它也会出现在你脑海里。

"除了等死以外，我们应该还有其他能做的事情吧，启诚？"

明人询问启诚，希望能得到消除不安的方法。

启诚听到后点了一下头，然后环视成员们。

"明人说得对，我们可以做点什么来避免退学。我有一个提议，我们要不要联合起来互相投票？"

"互相投票，意思是在赞赏票上写对方的名字？"

"嗯，我也不指望我们之中有人能获得全班最多的赞赏票，但是为了避免落到最后一名，还是合作一下比较好。"

虽然我们只有五个人，但这么做的话至少各自能得到三张赞赏票。

重要的是这能够抵消掉三张否决票。

"但……但是可以这样做吗？不是必须投给对班级有贡献的人吗？老师也说了这样控制票数是没有用的……"

遇事爱钻牛角尖的爱里不安地说道。

"产生某种程度上的组织票也是没有办法的办法，茶柱老师还有其他学生也都知道这一点，而且就算我们不这么做，全班也一定会分化成几个小组，集中起来将否决票投给某一个人，现在光我们就能投出五张否决票。"

"五张票……在这场考核里也算多的了，要是组成了大组，那投出十张票二十张票也不是难事，对吧？"

"没错，所以越是在班里吃得开的人，就越容易打赢这场仗。"

是的，这场考核的一个关键点就在这里。

地位越高的人越有利。若是这个人在班里有一定的发言权，那么他集中其他同学的力量去攻击某个特定的学生是相当容易的。

"我也赞成我们联合起来相互保护，我不希望我们之中有人退学。"

我表示支持。

"我……我也是。"

爱里紧跟在我后面。

"那就说定了。"

得到小组成员的一致认同，启诚点了点头。

"不对，等一下，我想问个问题。"

明人虽然同意了启诚的作战计划，但心里还有顾虑。

"也有可能形成比我们更大的组织吧？"

"当然，这个可能性很大。"

启诚自然也明白这一点。

若启诚提议我们带头成立大组，我就必须阻止了，在这件事情上，率先成立大组不是个好办法。

"我们要早点出手，拉拢别人？"

"不……我们在考核结束之前不要把事情弄大，不管对手是谁，都绝对不要挑起争端，成立大组就不必了。"

"也就是说……为了不被人盯上，就不要引起别人的注意。"

要是这个时候站到风口上，容易像须藤和高圆寺那样成为众矢之的。

"而且我们也不适合实施这种战略。"

"哎，也是。"

启诚认为我们不应当自己带头成立大组。

还好，包括波瑠加在内的所有成员都同意这一点。

这下他们应该不会被卷入我的"计划"，从而蒙受损失了。

"但是，我个人觉得如果有人来邀请我们进组，可以接受，毕竟能够减少投给自己的否决票，这也是很重要的。"

就算绫小路小组内部互相投赞赏票，一个人也只有三票。

若能和其他小组搞好关系，减少否决票就更好了。

"但是这挺困难的吧？应该也不会有人来主动找我们。"

意思就像在说我们这个小组是因为各自都融不进别的小团体才形成的。

哎，启诚应该也明白这点。

他只是提个建议，有人邀请的话，接受比较好。

这是正确的，但多少还是有点危险。

如果参加的组织多了，我们小组有可能被认为左右逢源，反过来会被针对。

而且也应该轻易找不到能接受我们的小组。

"光三票肯定是不够的吧？我在班里完全没有什么贡献……大家可能会把否决票投给我……"

爱里担心自己会成为目标人物。

在这场考核中，不管否决票被集中到了班里的谁身上，都几乎没有办法挽回；如果是平田或栉田，或许还能得到可以抵消掉大量否决票的赞赏票……

不对，这也难说。这件事的关键在于能建立多大的或者多少个组织，能控制多少票。几乎不会有学生能得到恰当的评价和相应的票数。

"爱里，你不要太担心了，事情没有绝对。"

"嗯，嗯……"

爱里的表情黯淡，她还是忍不住要担心。

在这场考核里，怯懦的性格确实没什么作用。

"真是的……为什么要让我们班级内部相互对立、互相戒备啊？"

"是啊，不过，既然有了这么个考核，那也就没办法了。"

"阿隆你赞同这场考核？"

"就算不想同意，现在也只能接受了。"

"你可真成熟。"

波瑠加点头表示出些许的钦佩。

"呐，你们看那边。"

她指向我和启诚身后。

回头一看，那里坐着一名 D 班男生。

和周围人明显隔开了距离，很是显眼，所以波瑠加才注意到他的吧。

"龙园的处境一变，整个人的感觉也变了呢。"

"以前就是太装腔作势了，现在被剥个精光，原形毕露了而已。"

启诚好像特别讨厌龙园这种人，语气很重。

不过，回想龙园以前对其他班的态度和采取的那些手段，启诚会这么想也是自然。

当然了，龙园应该不会对现在的状况感到后悔或痛苦。

"可是，这次的考核对龙园同学很不利吧？"

听到波瑠加的疑问，启诚点了点头。

"哪是不利啊，是直接让他绝望了吧？他以前那么胡作非为，估计别人都会把否决票投给他。"

明人也点了点头。

"被自己一手领导过来的班级排除在外，感觉挺无语的。"

"可他现在不挺冷静的？一个人在那儿一本正经地

看着书……换我的话可能早就急哭了……"

爱里觉得很不可思议，她看着波瑠加说道。

"是因为他已经放弃了吧，在这场考核里，被孤立了的讨厌鬼再怎么挣扎都没有用，所以想留住自己作为男人最后的尊严不是吗？"

这个想法听起来挺对。

但是，如果什么都不做，龙园退学的可能性极高。

"小明，你去问问龙园同学吧，问他现在是什么样的心情。"

"这怎么问得出口……"

说不定只是表面上看着冷静，实际上一嘴的尖齿獠牙。

要是傻傻地去戏弄他，谁知道会不会被他反咬一口。"你就别一个劲地盯着人家看了。"

"遵命。"

经明人提醒，波瑠加应了一声，把视线移了回来。

"再说说 C 班的事情，我们应该怎么看待高圆寺说的那些话啊？"

明人问启诚。

启诚应该也考虑过这个问题，立马回复：

"留下有实力的人那句话吧？嗯，确实有一定的道理，但我还是觉得高圆寺才是那个不被需要的学生，他扰乱班级秩序，着实恐怖。"

对于不喜欢冒险的启诚来说，高圆寺的存在确实有着不可预估的风险。

"而且……说起来可能有点过分，如果高圆寺退学，我可能不会那么难过，他肯定是容易被写在否决票上的人之一，你们觉得呢?"

"嗯，是啊，必须写谁的名字的话，还是选写起来不会那么犹豫的人比较好。"

"唔……可是，高圆寺同学虽然是个怪人，但每次考试的分数都挺恐怖的，比我对班级的贡献要高多了。"

处于不安中的爱里进行了拥护高圆寺的发言。

"考试结果公布的时候总会觉得启诚和高圆寺同学都好厉害啊……"

"你不能这样，爱里，这个时候还不干脆一点的话，受苦的只有自己哦。"

"话是这么说……"

爱里对于淘汰同班同学这件事有强烈的抵触情绪。

"总之，我赞成投给高圆寺同学。"

"我也没有异议。"

波瑠加问启诚这么做到底可不可行。

"暂时这样吧，不管走哪条路都要选三个人，视情况而定比较好。"

绫小路小组将高圆寺列为否决票候选人。

关于高圆寺这个人的去留，大家有不同的想法也是正常的。

依我看来，高圆寺这个男人确实很危险。

他的反复无常可能给班级带来巨大的潜在危害。

但是……他确实拥有足以弥补他缺点的才能，如果他能直面考核，使出全部力量，相信大部分问题都能得到解决。即使现在并不清楚他的实力，这一点也是可以确定的。

"我不讨厌他……可高圆寺他就像个未知数，谁也看不透他。"

明人同意给他投否决票的原因大概就是这个了。

他并不是只有存在感比较强，根据流言，他的实力也是无法衡量的。

"除了他以外……池、山内、须藤同学，把否决票投给这几个人？"

"应该吧，包括高圆寺在内的这四个人退学的可能性很大，但现在还不好说，他们也不会就这么乖乖地等待投票日的到来，应该会成立大组，收集赞赏票，极力抑制自身否决票数的增长。"

"我们也不是绝对安全的呢。"

没错，考核已经开始了，这是一场需要携手、需要创造出共同敌人的战争。

"听我们讨论的话题，不敢想象在今早之前全班还都是站在统一战线上的伙伴，真是够了。"

明人想着这之后会发生的事情，叹了口气。

波瑠加不知道想起了什么，又再度看向了龙园。

"C班有好几个退学候选人，我们还是有可能避免退学的，这一点比他好多了。"

波瑠加因为理解了C班现在的状况，就更能明白龙园目前的处境有多难了。

被锁定成了攻击目标的人所承受的压力是巨大的，足以把人压垮。

"如果小明和小幸村你们俩处在龙园位置上，会怎么做？"

"还能怎么办，都与全班为敌了，再怎么挣扎也无济于事，是我的话就放弃。"

明人早早放弃。

启诚在听到问题后开始认真思考，但过了一会儿也还是摇了摇头。

"没办法。"

"是吗？比如说，威胁全班怎么样？"

"那只会造成相反效果。"

倒不如说有学生希望龙园这么做。

若龙园来威胁自己，就更能毫不犹豫地把否决票投给他了。

"如果他为了得到赞赏票去求其他班呢？"

"要是龙园来求你，你会把赞赏票投给他？"

"欸？我应该不会。"

"就是这么一回事。"

启诚点了点头。

"大部分的家伙都会作此判断，毕竟大家都清楚龙园平时的为人，没人愿意帮他的。"

"那贿赂一下同班同学，从他们那里买票呢？"

"就算龙园手里有不少点数，也买不到多少票，他树敌太多，给人的印象还不好，出一点钱人家是不会卖给他的。"

"但不是还有其他班的赞赏票吗？"

"不，那也没用，对我们来说，还是龙园不在了比较好，和D班对抗的时候也能轻松些，不是吗？"

"啊……确实是这样，不知道他会出什么招，这太恐怖了。"

龙园现在的难处就在于此，如果他只是个拉D班后腿的人，那我们还可能故意投赞赏票给他，阻止他退学。但龙园极其难对付，恐怕大部分的人都希望他能够退学，毕竟没必要特意留下这么一个隐患。

说不定会有考虑到以后的事情，或者坚信龙园是班级救世主的学生，但依现在的情况，人数肯定不会多。

即使有一些人和龙园签订了契约，约定把赞赏票投给他，证明他们投没投极其困难。投票采用的是匿名方式，只要他得到了一张赞赏票，那所有人都能撒谎说自己"投了",就算发生了争执,龙园也已经退学,无力回天。

而且没人会傻到去和他做交易。

"龙园的路已经被完全堵死了。"

"他是在强装冷静吧,尽管不想退学,但觉得如果现在自己苦苦挣扎就太难看了。"

"确实……他以前那么威风,现在已经是穷途末路了。"

虽然觉得可惜,但龙园的退学已成定局。

当然了,要是他本人还有拼一把的打算,那事情还可能有点变化……

我们再怎么讨论也得不出结果。

答案在他本人的心里。

"那试一试怎么样?"

耳边传来了声音,是堀北的。

手上还拿着塑料袋,能看见里面的三明治,应该是她的午饭。

"试一试是什么意思啊?"

她的话让明人产生了芥蒂。

不对,应该说从她的话语中感受到了一丝的危险。

"要想知道龙园同学现在在想什么、考虑什么的话,就只能直接问他本人了。"

"算了吧,这是自找苦吃。"

谁都不愿意接近龙园。

"你现在找龙园也没什么意义，在这次的考核里你和他又没什么关系。"

"嗯，确实没关系，但或许他帮得上我的忙。"

堀北说完后停顿了一下。

可能是看我没有什么反应，便一个人向着龙园走去了。

"我感觉情况有点不对劲，堀北同学会不会有危险？"

"我也这么觉得……清隆同学。"

"……嗯，那我跟上去看看情况。"

我觉得并不会发生什么，但还是有个人在旁边跟着比较好。

堀北又是一个有什么事都直说的人。

我制止了作势要起身的明人，追上堀北。

"你要和龙园说什么？"

"我觉得他或许能给我一点有用的提示。"

有用的提示？我不知道堀北在期待什么。

但既然行动了，那就是有一定意义的吧。

"是佐仓同学她们拜托你来照看我的？"

"差不多。"

"也是。"

我们两个人进行的简短交流，并没有影响到她前进的步伐。

很快就走到了龙园面前。

他应该察觉到了我们的存在，但看都没有看我们一眼，始终盯着手里的书。看展开那页的内容，像是本文学小说。

"你可真是悠闲呢，龙园同学。"

"我说谁呢，原来是铃音啊，还有个跟屁虫。"

他"啪"的一声合上书，书上的标签表明这是从图书馆借来的。

不用说，跟屁虫当然指的就是我了，他只瞟了我一眼，然后立刻将视线转回了堀北的方向。

"找我什么事？"

我不知道堀北不惜冒着危险来接触龙园的原因到底是什么。

"我就开门见山了，这次特别考核，你打算怎么做？"

"我什么也不做。"

"意思是……你就乖乖等着退学？"

若是什么都不做，那等待龙园的就只有退学了。

"我对于班里的人来说是个好靶子，在这个必须淘汰掉某个人的考核里，谁都不愿意受到被投票之人的怨恨，但我就不一样了。"

可能意识到堀北没什么重要的事，龙园的视线再次落到了翻开的书上。

"把否决票投给你的话，不少学生应该也有罪恶感，但比起投给其他人，精神负担要小多了。"

龙园好像真的在考虑离开这所学校。

"你的退学对我来说不是件坏事，而且不光是我，B班还有A班里都有许多人希望你能消失，因为你以前做得太过分了，没有人愿意伸手帮你。"

堀北将事实摆在龙园面前。

有时这也会戳到那些自以为自己懂了的人的痛处。

但这不会给龙园带来任何伤害。

因为他确实懂了，也完全接受了。

"对啊，我离开了以后D班就没有胜算了，作为敌人的你们，在这里把我摧毁掉才是最好且最妥当的选择。"

他没有往坏的方面而是往好的方面想。

"你对自己的评价可真是高，像极了你的风格，但正是因为你欠缺领导能力，才落到了D班不是吗？"

"哈哈，确实。"

落到D班的原因在于龙园的独裁制度。

现在D班又要丧失掉这个能够带他们东山再起的关键人物。

可惜龙园的手段是不被班级等级所束缚的，不管是D班还是A班，只要手里握着个人点数，就能逆转取胜，所以就算拿最后一名的耻辱来攻击龙园，他也不为所动。

A班确实处于优越位置，但这个优越性自身没有任何价值。

龙园的战略目标长远，方法虽然有趣，但缺点也不少，他一直在用力量压制着全班，也没有寻求同学们的理解，眼光过于长远以至忽略了脚下，这些因素导致了他的失败，使他落到现在的境地。

"估计我永远都理解不了你。"

"也许吧，你要说的事情说完了？"

听堀北说到现在，我还是搞不清楚她想知道什么。

"今天这可能是我们最后一次对话了，我能不能问你一个问题？"

看来还有下文。

对于堀北来说，有可能成为有用提示的事情到底是什么？

"比所有人的处境都要危险的你，如果认真参与这场考核……能不能留下来？"

堀北尖锐的视线投向龙园，就像是在要求龙园做出正面的回答。

她来找龙园的目的就在此。

她想问龙园，能否打破这退学可能性为百分之九十九的僵局。

"你这个问题可真是愚蠢啊，当然啦。"

　　龙园毫不迟疑地答道。只要自己想留下就没人能把自己赶走，他确信这一点。

　　他看向堀北的目光很坚定。

　　"你可真会装，我从你身上只能感觉到盲目的自信。"

　　"你问够了吗？还是说你希望我把留下来的方法告诉你？"

　　"没必要，你和我所处的立场不同。"

　　"也是。"

　　"谢谢，多亏了你，我能在一定程度上下决心了。"

　　"决心？"

　　堀北点了点头。

　　"这场追加考核一定会有退学者出现，这是无法避免的，所以需要做出最正确的判断，看谁是最应该退学的那个人，并做出决定，你可知我的责任有多重？"

　　龙园笑而不语。

　　"蹦跶半天，别最后把自己搭进去了。"

　　"那就代表了我的实力也就那么点，不是吗？"

　　"你这话听起来很做作。"

　　"……"

　　堀北表面上很平静地和龙园说话，但龙园看到了那平静背后所隐藏的东西。

　　不对，不仅看到了，甚至可以说"触摸"到了。

　　"你是想从我这里获得某种自信吧……因为你的自

信和下决心的程度还太浅。"

龙园用言语步步紧逼。

"除掉谁,这个选择可是相当困难的。"

"……我可以,我从入学的时候开始就对拉后腿的学生毫不手软。"

"堀北你不可以。"

"你……懂我什么?"

"这一年里我有充足的时间观察你,已经充分了解你了,你的话里都透露着你的担忧。"

在语言的拉锯战里,堀北没有胜算。

"能在一定程度上下决心了"这么一句模棱两可的话。

和"我可以"那句话前短暂的沉默。

龙园早就注意到了其他人根本不会留意的地方。

堀北无意中暴露出了自己的怯懦。

龙园完全占据了主导地位。

"你已经完全融入了班级,事到如今,你已经做不到冷静透彻地考虑问题了。能做到这点的只有从未对班级产生过留恋、只将同学看作棋子的坂柳。"

是否交到朋友的班级对她来说是不一样的。

刚入学时,堀北确实是决绝的,可以毫不犹豫地同意舍弃掉考试不及格的须藤,但现在肯定不行了,关系在时刻发生变化。

"说得好听，你并没有什么解决办法吧？"

"为什么这么觉得？"

"虽然不知道龙园你是败给了同班同学，还是其他班的人……"

堀北看了我一眼，但又立刻转了回去。

"不管事实如何，你现在都要以败者的姿态离开，不是吗？"

堀北这话如同被逼急之后的挑衅。

但龙园并没有在意。

"你这是在夸石崎吧？我会乖乖离开，D班的人不会错过这个机会，你也千万别错过。"

龙园笑着说完这句话，再度将视线落回书上。

"……是啊，我会叫C班的同学一定不要把赞赏票投给你，当然了，就算我什么都不做也不会有人投给你的。"

堀北离开了，我也跟在她后面离开。龙园没有再抬起已经落回书上的视线。

而这时的堀北看似冷静，实则怒火滔天。

"他才做作呢，早就回天乏术了还在这儿虚张声势，他再怎么挣扎都摆脱不了退学的结局。"

"是吗？说不定他真的有解决的办法。"

"不可能，再怎么想，他都没有办法避免退学这一惩罚，就算他现在开始金盆洗手、重新做人、低头苦苦哀求众人，否决票都不会减少，赞赏票也不会增加。"

"嗯，正面作战确实没用。"

"贿赂和威胁都没用，你们不是讨论过这个了吗？"

确实是这样，原来她都听到了。

"难道说你知道龙园不必退学的方法？"

"不知道，一点也不。"

尽管我在脑中试着盘算了一番，但现在确实没有能够让他留下来的方法。

因为缺少能够让他留下来的条件。

"所以说嘛。"

堀北不爽地离开了咖啡店。

我回头看了龙园一眼。

如果我和龙园早点碰上……

"算了，事到如今，这种假设没有意义。"

再怎么考虑要离开的学生的事情也是没用的。

我放弃思考，回到了绫小路小组。

2

这天晚上，惠给我打来了电话。

应该十有八九是关于特别考核的事情。

"这次考核我该怎么做？"

"你身边应该也形成几个小团体了吧？"

"嗯，有几个，我的队伍里有七个女生。"

惠说出了除她之外六个女生的名字。

是平时就和惠关系不错的几个人。

"大家果然都害怕退学呢，连我……也不知道自己被多少人讨厌。"

"你的话，就算收到几张否决票也不奇怪。"

"喂，你就不能安慰我说没有这回事嘛！"

她在电话那头吼了起来，听起来就像生气了一样。

"现在就不要做什么会让人反感的事情了，老老实实待着才是上策，要是这时候成了众矢之的那就离退学不远了。"

"好，我尽量不去刺激别人。"

"这就好，不过，和平田分手对现在的你或许是件好事。"

"欸？"

"平田在女生中的人气那么高，如果你还在和他交往，可能会有学生……想让你退学，强行把你们拆散。"

"哇，可怕，但是有这个可能。"

正因为是匿名投票，所以某些人可以大胆行动。

"……你倒是挺好，没什么存在感，不引人注目，成绩也普通。"

在大部分的同学看来，我没什么功劳，但也没有罪过。

"没存在感有时候也是件好事。"

"但是须藤同学会不会投你一票啊？想要消灭掉你这个情敌，免得和他抢堀北同学。不过，这也是他自作多情。"

"或许吧。"

既然必须写下三个人的名字，那么大家都多多少少会得到否决票，不必过于在意。

"现在班里最危险的就是那三个傻瓜和高圆寺同学了吧？"

惠所在的小团体里应该也展开了和我们相似的对话。

"只能说可能性比较高，但结果如何谁也不知道，现在的情况对高圆寺挺不利的。"

"因为他也不是那种会和别人组队、调整票数的人。"

"嗯。"

池、山内、须藤他们肯定会联合起来互相支持。

而高圆寺则是孤立无援，他傲慢的姿态也容易树敌。

在通知考核的当天就在所有人面前和须藤起了冲突，这对他而言也不利。

"你打算怎么做？把否决票投给谁？"

"我还没有考虑具体的目标，但打算选择对班级来说今后派不上用场的人。"

"你可真是冷静，看问题也透彻，很符合清隆你的作风。"

既然注定有人要退学，那就只能这么做了。

"啊，难道……你不会要选我吧？"

"你对班级来说很重要，我不可能写你。"

"是……是吗？那是自然。"

她的反应中带着点羞涩与惊讶。

"如果你知道了班里确定要除去的学生，也就是退学候选人，或者否决票的收集与转移开始了的话，就联系我，我不容易知晓这类信息。"

"OK。"

我结束了和惠的通话。

虽然我说要除去今后对班级派不上用场的人，但这归根结底只是我个人的意见。

既然我不打算积极参与班级事务，那也就没必要过多插手票数的变动。

坦率接受几个队伍相互对抗最终得出的结果即可，当然了，如果麻烦降临到了我头上就另说了。

总之，刚刚惠所说的池、山内还有须藤的退学可能性不低，然后就是高圆寺，另外还有女生中学力低的井之头和佐藤，爱里同样也不安全。但现在离投票日还有几天，成绩之外的理由也会很大程度影响票数的变化，处于孤立状态的高圆寺和怯懦的爱里估计容易被盯上。

"事情会怎么发展呢?"

我就一边收集消息,一边防备不测,观察票数的动向吧。

拯救的难度

清晨，我一睁开双眼就立刻查看手机消息。

不出所料，当晚绫小路小组内的会话向前发展了一大截。

刚刚发布了追加考核，话题自然也是以它为中心。

"大家会不安呢。"

特别是爱里，通过聊天记录一下子就能感觉到她的担心。

要是我们小组里的某个人被当成了全班的攻击对象，那就麻烦了，不光是我要不要干预的问题，就连对策，都难以制定。虽然能从平田和惠那里得到一些消息，但事无绝对。

就算采取胁迫或交换约定的方法，也可能发生临时改变否决票投票对象的情况，并不存在能够百分之百避免退学的方法。

不管怎么做，每个人都要承担一定的风险。

我将聊天记录往上翻，看到了启诚提出的有趣建议。

从明天开始，每天派一名小组成员早点去学校收集信息如何？

我们人少，这个建议倒是不错，我同意。

是的，我也想知道班里的人怎么想。

我也赞成。

明早由我去，包在我身上。

全员一致通过了这个提议，虽然也提到了我，但因为我看信息基本上都比较迟，所以聊天记录里写了之后再征求我的同意。

"原来如此。"

虽然我并不觉得轻而易举地就能收集到信息，但总比什么都不做要好。

这个计划很简单，效果也值得期待。

这段会话是昨天进行的，波瑠加现在估计已经到教室了。

其他人会按照顺序每天提早出发去学校，我应该什么都不用做。

三天后就是投票日，也就是说最迟今天就会确定否决票对象。总之，期待绫小路小组能通过这一早间活动收集到有用的信息。

另一方面，我还在等待惠的关于女生动向的报告，而男生的信息就从管理着须藤的堀北或者平田那儿入手吧。

总之，尽早掌握信息是很重要的。

1

然而，什么事情都可以习惯。

　　不知不觉中已经在这个宿舍生活了将近一年的时间。

　　"和以前时间的流逝给我的感觉完全不一样。"

　　人在开心和不开心的时候所感受到的时间是不一样的。

　　说实话，我以前并不明白这是什么意思。

　　对我来说，在进入高中以前，每一秒的流逝都是均等的。

　　但现在不同。

　　我觉得现在的每一天都在以远超过去好几年的速度逝去。

　　还有两年就要毕业了。

　　光是这么想一想就觉得光阴似箭，不可思议。

　　"早上好，绫小路同学。"

　　"啊，早上好，一之濑。"

　　我和她估计是同一时间出的门。清晨，我刚走出宿舍，身后就传来了一之濑打招呼的声音，于是回头应了一声。

　　但在那个瞬间，一之濑不知为何僵了一下。

　　"嗯?"

　　她不走过来，一直保持那个打招呼的姿势。

　　"怎么了?"

　　听到这句话，她就像被人解开了魔咒一样，迈步走

近我，但动作有种莫名的僵硬感。

"哇，今天也好冷啊。"

"嗯。"

每每开口说话都会呼出白色的雾气。

"你和别人约了一起上学吗？"

"没有，我早晨基本上都是一个人。"

"那……我们一起？"

不论男女，估计没人能拒绝一之濑这样的请求。

我点头答应。

"……"

"……"

过去只有我们两个人的时候几乎全是一之濑在抛话题，但现在双方都陷入了沉默，只能听到对方的脚步声，一之濑就走在我身后。

我决定问问她这次考核的事情。

"这次的考核对你们 B 班来说是个难题吧？"

B 班团队凝聚力远超其他班级，关系融洽。

要从里面决出一个退学候选人，想来是一件极其痛苦的事情。

"啊……嗯，对啊，我觉得这是有史以来最难的考核了。"

"是吧。"

一之濑那略带忧愁的表情诉说着一切。

只有作为班级中心人物的一之濑是绝对安全的。

她和平田、栉田又不一样，可能是唯一一个已经确定了能通过这场考核的学生。

所以，才难以做出这种必须放弃谁的决定。

还是干脆就当个甩手掌柜，无论是赞赏还是否决，全都不参与要来得舒服些。

或许一之濑正在采取的就是这种战略。

"即使是这么棘手的考核，也只能直面不是？"

"哎，也是啊。"

"嗯，只能勇敢面对。"

她说着，站到了我的身旁。

侧脸上带着淡淡的笑容。

"难道……一之濑你打算自己退学？"

"咦？讨厌，我可没和任何人说过这样的话。"

一之濑否认了，但我注意到了她眼神中那细微的颤动。

就像是她已经将其纳为了选项之一。

"我先说一句，你们班的同学是不会轻易在否决票上写你名字的哦。"

"我又没有说我会退学，绫小路同学你是不是想多了呀？"

"写在你脸上了。"

"是……是吗？"

一之濑慌忙向我确认。

不知道这是无意之举，还是故意为之。

这次像是前者。

"呼……你不要告诉大家哦。"

"你要为了别人牺牲自己？"

"不太一样吧，我就是觉得自己必须进行一场由自己来承担风险的战斗。"

由自己承担风险的战斗啊。

也就是说她不打算"旁观"。

"那我就不懂了，意思是你要亲手送别退学的学生吗？"

尽管这样 B 班的同学应该都会接受，但绝不是一件令人高兴的事情。

无论如何也想象不出那名学生笑着离开的身影。

"不要再说这个啦，我不想让别人听到，而且绫小路同学你是 C 班的学生，不管是什么样的考核，我们之间都存在不可透露的秘密。"

"确实是这样。"

我们能做的就是聊聊赞赏票的事情了。

如果能拿到一之濑所持有的一张赞赏票，那么对我通过考核多多少少有帮助。

不过她本就不需要赞赏票，也不会做那种拿点数交换赞赏票的行为，所以我就不提了。

即使我买到了一张赞赏票也没什么大作用，就只能当个护身符使用。

"学校也真是过分呢，叫我们把自己的同班同学淘汰掉，虽说能给其他班的学生投赞赏票，但到头来还是一定有人退学。"

谁都不欢迎这场考试。

在一年级就快要结束的这个节骨眼上强制退学，谁都不愿看到。

"绫小路同学你没事？"

"谁知道呢……我在班里不过是一个可有可无的人。"

"我或许能够帮你。"

"怎么说？"

"我可以把我的赞赏票投给你。"

一之濑主动说了赞赏票的事情。

"但这一票估计也不怎么够……"

"谢谢你，但还是算了吧，我没有资格。"

"怎么会呢？我反而觉得这可能是这场考核里最公正的一票，这张票是要投给其他班里值得褒奖的人，而拯救了我的绫小路同学应当得到这一票。"

她这些话让我很难回复。

"好，那有需要的时候我可能会拜托你。"

"嗯，别忘咯。"

一之濑笑了出来。

"早上好，帆波。"

我们身后传来了这样的声音。

"早上好，朝比奈学姐。"

"今天也很朝气蓬勃呢，你们两个人不是一个班的吧？关系不错？"

"……是的，我们是好朋友……"

一之濑有些羞涩。

"咦？朋友呀？"

把关系说得再普通一点就不容易生出误会来了。

"先不说这个，我想借绫小路同学用一下，可以吗？"

朝比奈靠近我，表示希望一之濑能先走一步，找我有事情要说。

"我明白了，绫小路同学，那我就先走啦。"

一之濑没有表现出不乐意，遵从了朝比奈的意思。

"抱歉，帆波，再见啦。"

"没事没事，再见。"

两个人简短的对话里并没有夹杂什么奇怪的东西。

反倒让人感受到了二人之间踏实的前后辈关系。

"那个孩子真不错啊，又可爱，还聪明，二年级里面也没人说她不好。"

"是啊，一之濑在一年级也很有人气。"

"难道说她喜欢上你了？"

刚才一之濑稍微有些不自然的态度果然引起了她的
注意。

"这是不可能的。"

同年级的一之濑暂且不说，我想尽量缩短和朝比奈
在一起的时间。

要是被南云的手下看到了定会引发诸多猜想。既然
她有话要说，那就尽快吧。

"要和我说什么事？"

"你可真没劲，算了，我是看你和帆波聊得开心才
想要打听打听的。"

朝比奈刚刚一直都笑得很阳光，但现在，笑容正渐
渐从她脸上消失。

"我听说了一年级学生考核的事情，是要强制性地
决出退学者？"

"好像是这样的。"

看来这都已经在二年级学生中传开了。

"你知道帆波重情义，不会轻易让 B 班的人退
学吧？"

"是啊，大家虽然嘴上不说，但都想知道 B 班会怎
么做。"

这一稳妥的回答清楚明白地表达了我的想法。

"那你觉得她会怎么解决这场考核？"

朝比奈用一种窥视的眼神看着我。

　　与其说是好奇，不如说是一种试探。

　　不好好回答的话就会起到相反的效果。

　　"如果要贯彻不出现退学者的方针……B班已经积攒了相当多的个人点数，再想办法补上不够的部分，就能把退学者救回来，就是这么个流程吧。"

　　"嗯，你说对了，但答案不仅如此。"

　　若是以不出现退学者为前提，那么谁都能想到这一步。

　　但并非谁都能实现它。

　　"'想办法凑到两千万点'里的'想办法'不是说说就能实现的。"

　　"她去请求雅的帮助了，你觉得，雅是怎么回复的？"

　　"爽快答应了吧？"

　　"……没错。"

　　按这个发展态势，除此之外没有其他答案。

　　"我先问一下，他不可能就这么轻易地把个人点数借给其他人吧？"

　　就算B班有再多的个人点数，应该也还是差一大截的。

　　估计有几百万点的缺口。

　　"当然不能这么做，要是几千、几万点的话还行，还有商量的余地，但数十万数百万点就不一样了，谁都没有办法轻易拿出来。"

朝比奈毫不迟疑地答道。

"不论是三年级学生还是二年级学生，都必须为接下来的特别考核做准备，会不会用到个人点数这个问题不到最后不知道，所以根本没有闲钱借给一年级学生。"

确实是这样。

所以茶柱才说了类似尽你们全力去尝试那种话。

就算能从高年级学生那里借到一点个人点数，但数万、数十万肯定不可能。虽然可以答应事后加倍返还的条件，但马上就要毕业的三年级还是不会借，假如二年级学生里有人答应借了，也绝不会是大额的数目。

"能帮到忙的，也就南云会长了吧。"

"那家伙可是存了相当多的点数。"

"所以呢？"

上面这些很容易就能猜到。

既然让一之濑犹豫了，那恐怕有附加条件。

"你不要催我嘛，我和南云是一个班的，所以并不希望他现在把高额的点数借给低年级学生，帆波是可爱，但是在这次考核里，退学的绝对不会是她，对吧？"

"嗯，这应该是她为了防止班里其他人退学而采取的战略。"

"所以我才不希望她和雅之间产生这种借贷关系，这当然也是为了我们班着想……但更关键的原因是，帆波太可怜了。"

"南云提出了很高的条件吗？高额利息什么的？"

"那个家伙借钱的条件是……让帆波和自己交往。"

"原来如此。"

这是南云的作风。

借钱的条件是答应交往啊。

正常来说，这个条件不可理喻，应该果断拒绝，但是南云也明白，为了守护自己的班级，一之濑极有可能答应。

"你把这个告诉我，没关系吗？"

"刚刚不是说了嘛，我这是为了我们班，要是雅把那么多钱借给了一年级学生，那我们可能就遭殃了，帆波也会因此而痛苦，这不是什么好事。"

"可能吧，但你为什么要找我来商量这件事，我可是 C 班的。"

"不知道，我就是觉得你有办法。"

"那你可高估我了，我也不可能补上其他班缺的钱。"

如果我能代替南云拿出那么多点数就另说了，但事实是我没有。

"也是哦，毕竟你们是敌人。"

敌对班级出现退学者对我们来说是件好事，我们不可能拿钱去帮，说起来，数百万的点数需要 C 班所有学生团结起来才有可能拿得出，借钱是绝对不可能的。

"我什么都做不了。"

"没事，我不会因此而怨恨你，我就是碰碰运气。"

朝比奈拍了拍我的背。

"总之先告诉你一声，怎么做你自己判断吧。"

留下这句话后，朝比奈不作停留，向着学校方向扬长而去。

从她的语气和态度来看，这件事不像是假的。

"和南云的交易啊……"

这不像一之濑会采取的战略，但如果是为了伙伴，事情就不一样了。

这么做或许真的可以防止出现退学者，要实现它，必须满足两个要求，团结一致的班级和巨额的储蓄。但是听朝比奈的语气，交往这一条件好像不太好答应，如果一之濑从心底里愿意交往，那就应该趁南云还没有改变心意之前将个人点数借到手。

哎，到了异性交往这个问题上，当机立断是很难的。

如果我能帮上忙就好了，但是涉及金钱的问题我实在束手无策。

估计还差个四五百万点，这已经远远超过了我能帮忙的范畴。

我觉得还是舍弃掉伙伴更实惠，但一之濑会怎么掂量呢……

"依她的性格……"

不难想象事情接下来会怎么发展。

2

关于这次的考核，不好进行班级内部的讨论。

教室里，紧张的气氛在空气中蔓延，让人感觉怪怪的。

"早上好，阿隆。"

"早上好。"

我一边和波瑠加打招呼一边走向自己的座位。

教室里的学生脸上都没有什么精神。

在把否决票投给谁这一问题的阻碍下，正常的班级关系难以持续。

这一状态估计会维持到特别考核之后。

而且就算考核结束了也还得持续一段时间。

好阴暗啊，教室里的氛围。

波瑠加给我发来了这样一条信息。

有没有发生什么奇怪的事情？

现在还没有，大家果然都在戒备着呢！

可能考虑到教室里耳目众多。

所以大家才不贸然交谈。

期待明天。

嗯嗯。

短暂的联系过后，我收起了手机。

我们不惹人注意，也不做什么会妨碍班级的事情，只静静等待着暴风雨的过去。

但前提是整个集体允许我们抱着如此单纯的想法度过考核。

3

午休时间，我走向了图书馆。

不是不想和绫小路小组成员在一起，偶尔分开一下也很重要，更何况图书馆里还有一个和我一样喜欢看书的学生。

今天，那个人——椎名日和，果然也来了图书馆。在我抽了本书、斟酌要不要借回去而找了个座位开始阅读后没多久，就被她搭话了。

"你好，绫小路同学。"

午休时间刚开始，图书馆人不多，所以她才能这么快就注意到我。

她手上也拿着本和我手里类型相似的书。

"你真是个书呆子。"

"这儿是个特别好的地方。"

日和在取得我同意过后，在我旁边弯腰坐下。

两人静静地看书。

对于生性喜爱图书馆的人来说，多余的对话就是负担。

看书本身就可以称得上是某种对话。

直到午休时间快要结束，我们都一言不发，只是看着手里的书。

时间过了三十分钟左右。

"差不多该回去了呢。"

"嗯。"

我抬头看了看表，起身和她一起离开了图书馆。

"对了，日和，我有件事想问你。"

"什么事？"

她一脸茫然，不知道会被问到什么问题。

"我想知道龙园的状况。"

"龙园同学的状况啊……说实话，不太好呢。"

"他果然是退学第一候选人？"

"嗯，差不多班里同学都达成了一致意见，要给他投否决票。"

"龙园自己也接受了？"

"我觉得是这样，最近放学后他总是来图书馆，所以我们两个人也会说说话，了解得比较清楚。"

说起来，上次在咖啡店见到他的时候，他手里也拿着从图书馆借的书。

我心想他或许会与日和接触，果然被我猜中了，今天来图书馆是个正确选择。

"日和，你怎么想？"

"可惜的是，这次的考核免不了要产生退学者，我已经做好班里会少一个人的心理准备了，即使退学者是我自己。但是我总觉得 D 班今后想要往上走，就不能少了龙园同学……"

她虽然对龙园的某些行为有点意见，但还是认可其实力的。

而且记忆中龙园也没有看不起日和的样子。

"抱歉问了你这种事情，不知道为什么，我对 D 班的状况……"

话说到一半我顿住了。

"不对，我大概是不希望龙园退学吧。"

我今天本来没有必要来这里。

可是我很想知道龙园的情况。

"因为朋友越多越好。"

"……是啊。"

这种感觉有一点奇妙，我和龙园本应该是敌对关系。

"那个……"

"嗯?"

"这句话……虽然不该由我说……"

日和有些难以开口的样子，但还是努力往下说。

"绫小路同学你不要退学可以吗? 我不希望我珍贵的朋友再离开。"

"我会努力的。"

我心怀感激，收下日和的关心，回到教室。

4

紧张的气氛一直延续到了放学后。

不知道旁边的堀北有没有感受到这一点，她还是和往常一样静静地开始收拾东西。

这次的考核很难一个人熬过去，正常人的话应该都希望尽可能地增加伙伴数量，可是堀北完全没有这方面的动作。

就算往好的方面想，能给她投赞赏票的也就是须藤了。

那么……

我想起了堀北前几天找龙园时说的话。

想一想她想要什么、还缺少什么，就能明白她的策略。

看样子她打算走一条和其他人不一样的路。

可这条路不是那么好走的。

我所想的策略和她想的暂时可以看作是一样的，可此次成功对我来说也是求之不得的事情。既然如此，就让她来承担这项任务吧。

我看了一眼班里的同学。

想象他们在堀北眼中是怎样的。

"你居然没有来向我寻求建议，考核没事吗？"

虽然昨天才接触过，但我还是要确认一下堀北的想法有没有变化。

"就算我问了，你也不能告诉我什么。"

"确实。"

堀北也开始懂了。

"而且……这次的考核也不能轻易向班里同学寻求合作。"

"其他人为了获得赞赏票，现在可是正一个劲地搭伙呢。"

"想么做的人就那么做好了。"

收拾好东西，堀北站了起来。

"所以，你打算怎么做？"

"做我能做的。"

她留下这句话，离开教室。

可我还是有点在意，于是追了上去。

"干吗？"

　　她可能对我这一行为有些不满，蹙起眉头，瞪了过来。

　　"我对你要做的事情有点兴趣。"

　　"你平时从不主动找我，为什么这次这么积极？"

　　为什么？

　　我只是单纯对堀北要实施的战略抱有期待而已。

　　她如果能实施并实现，我想进行全面的支援。

　　但是，我不打算在这里直接告诉她。

　　"你还没有队伍吧，到了关键时刻队里的人还能合作一下。"

　　"原来如此，你在担心我啊，要是我向你寻求帮助了，你能让我加入你的队伍？"

　　"人数上升对我们没有坏处。"

　　"谢谢你的邀请，但是我并不打算这么做，我现在需要的不是你。"

　　看来她已经确定了自己的想法。

　　就是目前还处于材料不足、受不安所驱使的阶段。

　　而我并不适合承担那个弥补不足的"任务"。

　　"你真的……"

　　她的视线比刚刚还要强硬。

　　"怎么？"

　　"总而言之，你不要管我。"

　　感受到她语气的坚定，我点点头停下了脚步。

再继续追问，也只会惹她生气。

目送堀北离开后，我看向了走廊窗外。

"要不然今天就先回去吧。"

"……能占用你一点时间吗，绫小路同学？"

平田向我这边走来，原来他一直在我身后啊。

这个时间点，他是在等待我和堀北分开吧。

"你有没有时间陪我待一会儿？有事想和你说。"

这是来自平田的邀请，很是稀奇，我也没有拒绝的理由。

看到我点头答应，平田松了口气。

在紧张的空气中度过了一天的平田，体力消耗也是最大的。

可以猜出他要找我说的肯定有关这场考核。

"那就四点半在榉树城的……嗯，南口附近汇合，可以吗？"

"好的。"

就这么定了。

应该是不能在这儿说的事情。

毕竟要去参加社团活动或回家的学生正来来往往经过这里。

今天也和启诚他们约好了放学后集合，所以先告诉了他们我会晚些到。感觉平田还要再和班里的同学聊会儿天，我决定先出发去榉树城。

5

我直接向着玄关进发。

没走几步就遇到了一年 A 班的坂柳有栖，她旁边还跟着神室。

"绫小路……"

神室保持戒备状态，身体僵直。

坂柳还是和往常一样，不紧不慢，好不悠闲。

两个人行为上的对照有点意思。

"真巧呀，绫小路同学。"

"是呀，你们来 C 班有什么事吗？"

我以为她们要去 C 班。

但坂柳并没有直接回答，而是笑着向我抛了个问题。

"你这之后要去哪里？"

"三十分钟后和朋友约在榉树城见面。"

"这样啊，学生生活很是丰富嘛，如果可以的话，能抽一点时间给我吗？"

坂柳拿出手机看时间。

她是来找我的？不对，这不太可能。

现在刚过四点十分。

步行到榉树城只需要几分钟，还有十多分钟的空余时间。

"就这么站着说？"

"嗯，不过这里人有点多，要不要换个地方？"

"好的。"

我也不想引起别人的注意。

如果是同班同学还好，坂柳可是个相当引人注目的人。

她自己也明白这点，于是开始走向人少的地方。

我配合坂柳的速度，缓慢行走在教学楼里。

"话说……绫小路同学，真澄同学，你们不觉得这次的追加考核特别荒唐吗？就因为之前没有出现退学者，就要强制性地选出来，校方居然会设计这样的考核，这不符合常理。"

"谁说不是呢，总是很冷静的真岛老师这次也有些不安。"

原来不光是茶柱，其他老师也不能接受这场追加考核。

"其中是有理由的呢。"

"什么理由，你知道？"

"前几天我父亲停职的事情定下来了。"

"停职……你父亲是这儿的理事长吧？"

神室回问道，原来她也知道这件事。

"我没有细问，但好像出现了许多对我父亲不利的东西。他绝不是那种会染指坏事的人，当然，或许只是作为女儿的我不知道吧……可能有人为了拉他下台而在大肆策划着什么。"

这表面上是说给我们两个人听的，但恐怕实际上目标只有我一个吧，如果坂柳的父亲真的是清白的，那就有可能是那个男人在幕后操纵着些什么。

我对坂柳父亲的印象或许是对的。

"话虽然这么说，这件事和我们学生没有一点关系，就随便聊聊。"

听起来就好像是父亲被逼停职的事情对坂柳来说不足挂齿一样。

"可是，这和这次的考核有关系吗？"

"说不定这次的考核……是为了让某个人退学而急忙设计出来的。"

"谁啊……"

神室看了我一眼，然后又迅速将视线转回坂柳。

"我一直都没有特别在意过这件事，但是你为什么总把目光放在绫小路身上啊？"

神室一边走一边问坂柳。

"哎呀，你之前都没有在意过吗？"

"……我干吗要在意？"

神室否认了，但看坂柳的侧脸，就像知悉了一切一样。

不过她没有再追究，回答了神室的问题。

"只是因为我以前就知道他，这个理由你能接受吗？"

这是个相当开放式的回答，因为她以前什么都没有说过。

她或许是在试探我的反应，若我这时表现出慌乱，做出掩饰的举动，就会暴露出这方面的话题是我的弱点。

不过，我实际上是不在意的。

"意思就是在这所学校里又偶然相遇了呗？这概率可不高。"

"是的，就是这么巧，对吧，绫小路同学？"

"也许吧。"

我虽然不记得自己以前见过她，但坂柳说的肯定没错。

她确实知晓过去的我。

"那他很难对付？抱歉，我完全看不出来。"

继坂柳的回答之后，神室也更加口无遮拦。

从某种意义上说，这两个人或许是相似的。

"你问得相当深入了呢，以前可是从来没有问过我这样的问题。"

应该是因为我和神室几次直接的接触让坂柳想多了。

可能让坂柳产生了无法抑制的好奇心。

"换谁都想问的吧？你从来没有这么执着于一个人。"

"正因为你是个特别不关心这类事情的人，我才将监视绫小路同学的任务交给你……你也抵挡不住诱惑啊。"

坂柳一副惊喜的样子。

我本以为她的目的是来试探我，但现在看来也有可能只是神室一时兴起，抛问题过来损我的。

说着说着就走到了目的地。

"这里应该就不会有人打扰到我们说话了吧。"

放学后的特别教学楼着实安静。

"就这里了，真澄同学，抱歉，请你先回去。"

坂柳让她陪我们走到这里，估计只是想有个说话的伴儿。

"……呃，好。"

坂柳最终还是没有透露过多有关我的事情就让神室离开了。

而神室就像早知道会这样一般，淡然接受，然后下楼梯走了。

"这样可以吗？"

"当然，要是被别人听到了不该听到的，困扰的是绫小路同学你吧？"

"并不会。"

若是我表现出困扰的样子，那就相当于主动把自己的短处展现给对方。

而我没必要特意给坂柳提供更多的信息。

"那就暂且理解为你把我当成了敌人。"

我的行动，这不是坂柳所能考虑的事情。

"你要和我说什么，还特意让神室先离开？"

因为在移动上花费了一些工夫，现在时间不多了。

我催促她进入正题。

"是关于我和绫小路同学约定的事情。"

"当时说的是在'下次考核'，也就是这次的考核里和你比赛。"

"对，我当时是那样打算的，不过……如果你同意的话，我想把这件事推迟到下次。这次并非班与班的对抗，而是班级内部的筛选与淘汰，唯一能对其他班级造成影响的就只有赞赏票了，但也不能拿来当武器攻击其他班……所以能拖到下次再一决胜负吗？"

她的意思是这次比不了什么，所以不算数。

"你能接受吗，我说的这件事？"

"你决定就好。"

听到我这么快答应，坂柳郑重地向我道谢。

"谢谢，我还想着要是你不同意的话该怎么办呢，这下我就能心无旁骛，专心处理 A 班内部的事情了。但是……"

"但是什么？"

"既然暂时停战了，为了让你能真正信任我，我再多说一句，这次的考核我绝不会害你，绝不会给你投否决票。"

她承诺自己不会出手。

"万一我插手了Ｃ班的事情，危害到绫小路同学的最终成绩……那就算我输，你也可以拒绝下次的比赛。"

"如果这次否决票集中到了我身上，可就没有下次了。"

我会遂了某人的愿，落得个退学的下场。

"确实是这样，但总而言之我就说一句，请你放心。"

她的措辞过于礼貌，但这是她为了取得我的信任必须做的。

"在你我的比赛开始之前，不要被手下的人出卖了。"

"哈哈，你真会开玩笑。"

几乎Ａ班的所有学生都在坂柳的麾下。

他们是不会抛弃首领的吧。

"在刚通知了有这场考核的时候，我就决定好了退学人选。"

"你早就定好了要除掉的人啊，坂柳你的做法是对的。"

可以说这是只有使用力量支配全班的坂柳才能采取的手段。

"你打算什么时候告诉班里的同学？"

"我已经告诉了，要是拖到最后再说会给大家带来不安，还是早点告诉大家比较好，对班里的同学来说也要轻松些。"

对于要退学的学生来说却是无形的重担。

可是，A班并没有出现任何混乱。

"你知道那个人是谁吗？"

"不知道，完全没有头绪。"

我话虽然这么说，但其实大概能猜到。

"是葛城康平同学。"

"原来如此。"

"他和我作过对，还是A班以前的领导人，一山容不得二虎。"

葛城是个沉稳冷静的男人。

恐怕在知道了考核内容后，就意识到了自己会被牺牲掉。

于是没有反抗，就这么接受了。

尽管也有像弥彦那样一直追随他的人，可寡不敌众。

"我倒觉得他作为一个早就和你结了仇的人，这次是主动退出的呢。"

论优秀程度，葛城在A班里排得上前几名。

虽说我觉得他的离开很可惜，但对坂柳来说他就是一个没有必要存在的人吧。

"我的朋友里有不少人都讨厌他，大概是因为不赞成他过于保守的想法，所以还是让他离开更有利于士气

的上涨。"

看样子她不惜削弱战斗力也要提高士气。

"你就这么轻易地把目标人物告诉我了?"

"毕竟绫小路同学你应该也不会为了救他而做什么幕后工作吧。"

这是个吃力不讨好的事情。

"C班打算怎么做呢?"

"谁知道呢,我不打算参与,就让同学们自己做出判断。"

"这样的话……那就是单纯淘汰掉被讨厌的人或者能力低的人咯。"

坂柳展开想象,一副乐在其中的样子。

"D班那就想都不用想,肯定是龙园同学吧。"

只有这一点是没有异议的。

因为A班没有必要去帮龙园。

正好可以解除他和葛城签订的契约。

"就是不知道B班会怎么样,班级同学关系那么好,会是谁退学呢?整个考核里最值得期待的就是这个了,还是说,一之濑同学会想出什么有意思的策略来。"

"不好意思,时间快到了。"

她怎么放飞想象的翅膀是她的事,我还是不要在此逗留比较好。

"是的呢,那就说到这里,反正下次考核下周就开始了。”

她的手杖与地面碰撞，发出清脆的声响。

坂柳的视线不经意间瞟过设置在这里的监控，速度很快。

不知道她是碰巧看过去还是刻意的。

“那就在一年级最后一场特别考核里一决胜负吧，就这么定了。”

我点了点头，离开了特别教学楼。

6

能在放学后用来会面的店铺并不多。

平时基本上都在榉树城里面的咖啡店集合，但今天不一样。

“谢谢你今天能来。”

“这不是什么大事，我也有话要和平田你说。”

“你能这么说我很高兴，那就先走一走吧。”

在南口汇合后，平田开始观察周围的情况。

“抱歉，绫小路同学，能稍微改变一下计划吗？”

“怎么改？”

“要不要去我的房间里说？那样更能静下心来。”

“我都可以。”

“谢谢。”

看来现在的榉树城并不是一个合适的地方。

他不希望我们接下来的对话被任何人听了去。

我们走在回宿舍的路上,开始了三言两语的闲聊。

"一年级马上就要结束了呢,绫小路同学,你觉得这一年过得如何?"

他抬头望向天空,白雾从他的嘴里吐了出来。

"去了无人岛,又参加了集训,很热闹的一年。"

"嗯,虽然确实很辛苦,但我很开心。和刚入学的时候相比,同班同学之间的信赖关系也建立起来了。"

"是啊,我也这么觉得。"

这一点不容置疑,虽说班里也有不少人不怎么合得来,但"敌人的敌人就是朋友"这句话是没错的。在必须合作的这么一个环境下,慢慢就会产生一种叫作羁绊的东西。

"……在这场考核开始之前是没有问题的。"

平田的笑容上蒙了一层阴霾。

"还是要说那件事啊。"

"嗯,对不起,我知道你不愿意讨论这种事情。"

不管是什么考核我都不会自己积极主动参与。

而堀北则无视我这一习惯,一到考核就会来找我合作,态度还很强硬。

但有意思的是,这次完全不同。

堀北没来找我,来的居然是平田。

堀北最近也成长了吧。

　　意识到我属于不合作主义，来找我的频率也就慢慢下降了。

　　"我怎么也想不出这次考核的解决办法，再怎么想也想不出。"

　　"再怎么想……"

　　仔细看的话会发现平田的眼睛下面有了黑眼圈。

　　估计是昨晚光想着考核的事情，没睡好。

　　"可真是难办啊，在这场考核里，越是为班级着想的人越痛苦。"

　　"欸？"

　　"没事，别放在心上。"

　　这会将平田拉向更深的黑暗之中。

　　现在还是不说为妙。

　　"如果有什么办法能帮到班里，希望你能告诉我。"

　　原来他误以为我有解决办法。

　　"存够两千万个人点数，这是不可能实现的对吧？"

　　"我算来算去，可无奈这个数字太大了，昨天还问了社团里的前辈，但他们接下来也有和我们不一样的特别考核。"

　　"也就是说他们帮不了忙，不能把点数借给我们啊。"

　　"嗯……"

　　能不产生牺牲者的方法很有限。

　　"抱歉，我也想不出什么好办法，要是想出来了我一定告诉你。"

"这样啊……嗯，谢谢。"

平田现在能这么回答我，已经拼尽了全力。

他努力挤出笑脸，向我道谢。

这是个极其难、又极其简单的考核。

只要稍微换个角度想想，就不会再迷茫。

但平田看不见。

这场考核只需要"清除掉没用的学生"。

我和高圆寺在听到考核内容的时候就知道事情会怎样发展。

谁也不知道退学的会是"谁"，但只要不是"自己"就万事大吉。

可平田这种人就不一样了。

他总也决定不了这个"谁"是谁。

所以就像进入了找不到出口的迷宫。

"绫小路同学，不管退学者是谁，你是不是都不在意?"

"当然最好是没有人退学，可事情没有那么简单。"

"……当然，是啊，但方法一定是……"

"平田你也正因为明白这一点，所以晚上才睡不好的不是吗?"

我打断了他。

"那是……"

在靠近宿舍入口的地方，我们沉默了下来。

因为看到大厅里有好几个学生在聊天。

但问题的关键在别处。

我的视线对上了坐在大厅沙发上的男人。

"哎哟哎哟，这不是平田 boy 和绫小路 boy 嘛，真是巧啊。"

"高圆寺同学啊，你是在等人？"

因为在我们进入宿舍楼后，他立刻就看了过来。

"你会在意我等人吗？"

高圆寺反问了一句。

"可能会觉得稀奇吧。"

"我就喜欢说实话的人，不过遗憾的是我并没有在等人。"

他只回答了这么一句，并没有说他是在干什么。

平常高圆寺不会在这里休息。

"我们走吧。"

平田站在电梯前，正要伸手去按按钮。

身后传来了高圆寺的声音。

"这次的考核你们也要尽最大努力，好好动脑筋哦。"

"……高圆寺同学，你还是和往常一样呢。"

可能是对高圆寺的态度有点意见，平田回复了一句。

在指尖就要碰到按钮时，他停住了。

"因为这场考核还不需要我做出改变。"

"是吗？"

平田居然接了他的话茬。

他回头看向高圆寺，当然，不是用瞪的。

他总是冷静而沉稳。

"你说这场考核还不需要你做出改变，但其实你才是最需要改变的那个人不是吗？我很担心，要是你成了同学们攻击的对象……"

这是来自平田的关心，也可以理解为他小小的威胁。

话里饱含着合作的渴望。

期待高圆寺能因此产生一点配合的意愿。

"解决这类问题是你这个班级中心人物的任务吧？"

高圆寺坚持自己的态度，表示什么都不会做。

"我也有完不成的事情，可能要辜负你的期望了。"

"不会的。"

平田自己没有信心，反倒是高圆寺在那儿一个劲地鼓励他。

没人能感觉出这个男人是真心还是假意。

高圆寺站起来走近我们，特意轻轻地拍打了一下平田的肩膀。

"这次的考核你们就一边相互安慰，一边将那些没有用的垃圾处理掉吧，你一定要这么做。"

平田在听到这句话的瞬间，按下了电梯开关。

"……绫小路同学，我们走。"

"嗯。"

平田之前的语气一直很平稳，可现在稍稍带了点怒气。

班里有垃圾。

被高圆寺这么一说，他也就忍不下去了。

等电梯门关上后，平田才再度开口。

"抱歉，我刚刚有点失态了。"

"没关系，我不在意的，是高圆寺说得不对。"

他轻轻点了点头，脸上还带着淡淡的苦笑。

"原来你也会被戳到痛处啊……我总觉得不产生退学者是不现实的事情，表面上虽然没说，但其实心里可能早就放弃了。"

很快就到了平田房间所在的楼层，我们下了电梯。

"请进……"

"打扰了……"

我还是第一次来平田的房间，室内装饰和我的相似，陈设简单，能闻到一丝芳香剂的香味。

虽然冷清，没什么情趣，但很符合平田的气质，干净整洁。

"坐吧，喝咖啡吗？"

"给你添麻烦了。"

"怎么会，是我拜托你来的。"

平常多是由我来招待客人，这次感觉还挺新鲜的。

"接着刚刚的话题……"

他背对着我，一边准备咖啡，一边说话。

"你真的没有方法能帮到全班吗？"

"不知道，也可能只是我自己没有想到。"

我的回答和之前一样。

平田就算明白了，也还是忍不住向我求助。

我本打算随意敷衍他一句，但好像事与愿违。

"如果你都没办法，那就没有人能想到了。"

"你高看我了。"

不知道从什么时候开始，平田对我的评价已经如此之高。

"自从轻井泽同学那件事以来，我就觉得你是班里最靠得住的那个。"

平田说得就好像很懂我一样。

"你可饶了我吧。"

水开了，平田端着咖啡走过来。

"这是事实哦，就是你太谦虚，不承认罢了。"

不管我说什么，他都已经认定了。

我再怎么否认，平田现在也不会接受。

还是换一个话题比较好，但平田好像也察觉到了这一点。

"这次的考核一定要有人牺牲，我想这么理解，可还是做不到，班里的每个人都不可或缺。"

"我理解你的烦恼，但你也只能调整一下心情了，这周末就会有答案。"

"答案啊，绫小路同学你……觉得谁退学好呢？"

他盯着我，渴望从我这里得出一个答案。

那眼神，一眼看上去是温柔的，可里面好像还蕴藏着别的东西。

"我心中还没有人选。"

他可能觉得我这一中立态度很是狡诈，但我确实是这么想的。有希望留下的人，但指名希望对方离开的人一个也没有。经过班级讨论后决定的学生退学，这就是答案。

"不管谁退学，我们都只能接受吧。"

"你可真是冷静呢，你比我更适合当领导人。"

平田一直以来都争做班级领头羊，带领大家进步，但现在说出来的都是丧气话。

现在什么对策也没有。

"我接下来该怎么做、该怎么面对这场考核啊？"

我来给他提建议的话就太不自量力了，但过去平田也帮了我很多。

我想做点什么帮帮他……

"你不要全信，我就说说我心里想的。"

"嗯。"

"前提是你需要放弃'保护所有人'这一天真的想法，平田你一直在为'去掉谁'这个问题而烦恼，然而怎么也得不出答案对吧?"

平田很纠结，但还是点头承认了。

"那你换个方向考虑怎么样? 不要考虑'去掉谁'，而是'留下谁'。"

"留下谁? 当然是所有人……"

"给所有人排个序，包括自己在内，将所有人从高到低按顺序排列，可能会有水平差不多的学生，但还是应该试着排一下，单纯按照自己的喜欢程度或对班级的贡献程度也行。"

这样制作一个排行榜，就会诞生最后一名。

"这……可是……"

是的，就是这么简单的事情。

但平田没有这么做。

他觉得给同学进行排名是一个愚蠢的行为。

"可我的想法和同学们的想法并不一定一致。"

他还在找借口逃避选择。

而这么做，等待他的是在毫无防备下到来的特别考核。

"没事的，我觉得你要先在自己的心里得出一个结论。"

这是我能给他的唯一建议。

　　平田会在此基础上作何判断，就要由他自己来决定了。

　　我接过他给我泡的咖啡。

　　可能和我买的牌子不一样，我感受到了别样的酸味。

　　"是啊，嗯，也许就是这样的，我现在的心情就是特别想逃避。"

　　平田接受我的建议，想要拼命理解其中的意味。

　　可能无法立刻搞懂，甚至还会因为消化不良产生排斥心理。

　　但他将这一建议记在心里，想努力消化吸收。

　　"……嗯，谢谢。"

　　平田挤出了这句话，向我道谢。

　　这次他要找我商量的事情也就告一段落了。

　　"我可以问你一件有点没礼貌的事情吗？"

　　我将话题从考核转向我感兴趣的东西。

　　"嗯？什么呢？"

　　"你和轻井泽分手后，被人表白过吗？"

　　"没想到绫小路同学你会问我这种问题。"

　　他的表情有些惊讶，同时还带了点不知如何作答的烦恼。

　　我对此有兴趣是因为想起了同班同学小雨的事情。期末考试之前她和我说过她喜欢平田，我想知道后续如何，她是不是已经行动了。

"我不能告诉你是谁……但是，嗯，有女生来找过我。"

也就是说已经有女生开始向他表白了。

不知道是不是小雨，这个问题我确实也不好问。

哎，受欢迎的男生可真是厉害，什么都不做就会有女生主动凑过来。不对，这和平时的言行举止是密切相关的，绝不是说不需要努力。

"你和她在交往？"

"怎么会？我现在没有和任何人交往的打算。"

他斩钉截铁地说道。

"因为有喜欢的人了吗？"

如果他的意思是不打算接受真心喜欢的人之外的人，那我就明白了。

"我觉得现在的我没有资格和任何人交往。"

"连你都没资格的话，那我岂不是就更没戏了。"

谈恋爱这个东西不需要讨论有没有资格。

"我没有那么厉害。"

越是厉害的人越谦虚。

越是无能的人越自大。

我和平田最终也还是没有再多说什么，就这么结束了这次的对话。

7

"抱歉啊，一之濑，这个时候把你叫出来。"

晚上十一点多，我把一之濑叫到了我的房间。

遇到这种事情一般女生都会戒备起来，甚至直接拒绝，但一之濑很爽快地就答应了。

"没有的事，不过，绫小路同学你可是不常找我呢。"

"我有事情一定要和你说，可以的话你先坐到床上吧，地上估计会冷。"

一之濑道了一声谢，坐在了我的床上。

"不知道为什么，我有点紧张……"

"欸?"

"啊不，没事，为什么不在电话里说呢?"

我用热水壶烧着水，手里还拿着白色的水杯。

"因为电话里说不明白，我想问的和那件事有关。"

"这样啊。"

"我就不兜圈子了，这次的考核你打算怎么做?"

"这像是今早话题的延续呢，我在思考既能顺利通过这场考核又不出现退学者的方法……"

"你想到什么方法了吗?"

我回过头，看着她。

不过这也是废话了。

我们都知道，除了付两千万的点数别无他法。

"嗯，我还……快没时间了，我正着急着呢。"

从她的话语和态度里看不到她所隐藏的东西的本质。之前船上考核的时候我就对一之濑遇事不动声色感到意外且钦佩，她果然很擅长这个。

"我以为你向南云会长求助了。"

"求助？"

若没有做好心理准备，突然听到这句话定会慌乱，但一之濑还是保持了平常的样子。

不过等她听到下面那句话后，就不会这么淡定了。

热水壶发出声响，我给她冲了一杯热可可。

"谢谢。"

"这次的追加考核和之前的不同，强制要求选出退学者，唯一能够避免退学的方法就是存够两千万点，可就算是 B 班也存不够这个数，所以只能向第三个人求助。"

一之濑的视线落在热可可上，她吹了吹。

"这样啊，朝比奈学姐也知道这件事，就是没想到她会和绫小路同学你说。"

她可能觉得瞒不住了，对我知道此事的原因进行了推理。

"所以你也听说了补足不够点数的条件？"

看到我点头后，一之濑露出了苦笑。

"这件事是不是很傻？从许多方面来说都是。"

以交往为条件来借点数。

还认真考虑这一条件。

这就是"许多方面"的意思。

"南云学长禁止我把交易的事情泄露出去，说如果我告诉了别人，这次交易的事情就作废。既然你是从朝比奈学姐那里听说的，那应该没事。"

"这你不必担心。"

"不过，这件事应该和你没有关系吧？"

"是啊。"

这要看 B 班自己的判断，并由一之濑来决定。

"缺多少？"

"应该是四百万多一点。"

以交往为条件补足两千万点，这样就不会有人退学了。

"真是个特别的条件。"

"嗯，答应和南云前辈交往就能借到点数，真是不可思议，一般来说就算出钱都不一定有那个资格。"

听完一之濑的话，我终于明白了她的想法：绝不能让 B 班的人退学，就算牺牲自己也要保住 B 班的每一个人。

"能拯救我们 B 班全体同学的方法恐怕仅此而已。"

"这样啊……"

不管我再说什么，都帮不到一之濑。

只有真金白银的个人点数才能做到。

四百多万的点数，我再怎么存也是存不够的。

"你……是在担心我吗？"

"可能你会觉得我不自量力吧。"

"哪里，我很开心。"

一之濑如此回答道，可表情却有些阴郁。

"但是，我可能有点困惑……如果没有和绫小路同学说这些，我或许可以更加果断地做出决定。"

她将凉了的热可可慢慢送到嘴边。

"……绫小路同学你怎么想？"

"关于这次的交易吗？"

"嗯，你怎么看待我接下来要做的事情？"

一之濑看着我的眼睛。

我也直视着她，给出我的答案。

"为了不让班里人退学，你有独属于你一之濑的手段。你一直在积攒个人点数，身为学生会成员，还和南云会长有了联系，这么凑够两千万点，也算是一个正确方法。"

"你不会看不起我吧？"

"我不会看不起你，不过，花两千万点去救同班同学值不值，说实话，我也不知道。"

"……嗯。"

她再次将热可可送到嘴边。

"绫小路同学。"

一之濑注视着我的眼睛。

"嗯？"

"莫非绫小路同学你……其实很厉害？"

被她这么一说，我一下子不知道该作何反应。

我只是将从朝比奈那里听来的东西原封不动地说了出来而已。

"你为什么会这么觉得？不好意思，我自己可不这么想。"

"那就更厉害了，因为绫小路同学你……"

她话说了一半。

"怎么了？"

"没有，没事。"

就像自己也不知道自己想说什么一样。

嘴巴不受控制。

"……这是怎么一回事啊……"

一之濑小声嘟囔着，像在自言自语。

直接叫她出来问清楚真是太好了。

不管发生什么事，一之濑都会守护着 B 班。

我再次认识到了这一点。

她再怎么纠结，最终还是会下定决心。

选择和南云雅交往。

兄妹

通知进行追加考核后第三天的早晨。

这意味着后天，也就是周六就要进行投票了。

必须在这极其短暂的时间内选出一名退学者。

打开房门，寒气扑面而来。

我来到走廊，乘电梯至一楼大厅，正巧碰到须藤从楼梯间走出来。

"你走楼梯啊。"

"嗯，多少能锻炼一下身体。"

不管是社团活动还是学习都很努力，现在的须藤可能才最有学生的样子。

我们两人并肩上学。

"我虽然脑子不聪明还是个急性子，但现在过得特别充实，一点也不想退学。"

他这话不像是对我说的，更像是自言自语。

"只要能留在这所学校里，不管被谁怨恨都行，这种想法是错误的吗?"

"不，应该是对的吧，只有非常想留下来的人才能通过这次考核。"

"嗯嗯，确实。"

一进教室，我立马就感受到了情况的异样。

须藤什么都没有注意到，径直走向自己的座位。

是气氛的变化。

我的感官并不迟钝。

在刚刚踏入 C 班的那一刻，我就感受到了有什么地方和昨天不一样。

眼前的景象并无异常。

确实是普通的日常。

同学们都在理所当然地闲聊说笑。

可这就是"异样"本身。

昨天大家还那么互相戒备提防。

现在却产生了一种奇妙的团结感。

"早上好，绫小路同学。"

向我打招呼的是平田。

"早上好。"

我短短地回了一句，观察他的反应。

"嗯？怎么了吗？"

他是什么都没有意识到呢，还是在装傻呢？

平田看着我的眼睛，表情和以往没有差别。

"没事。"

"是吗？今天也请你多多关照。"

平田打完招呼，走向唤他过去的女生那边。

而我所感受到的异样感也随着学生人数的增加和时间的推移越来越稀薄。

我从中得出了一个结论：

这一情况是在暗示现在已经产生了协同面对这次考试的大组。

不是为了守护谁，而是就踢掉谁这个问题达成了一致。

现在教室里只有十一名学生，假设将平田排除，剩下的十个人若合谋将否决票投给某一个人，那个目标人物的处境就很危险。

这里面有池和山内等男生。

还有和池他们有一定联系的女生。

这些人有可能串通在一起。

但奇怪的是，以惠为中心的小组成员也在。

而惠还没有向我报告有关情况。

"早上好。"

很快，堀北也来到了学校。

她的样子和往常没有区别，慢慢环顾四周。

"……发生什么了吗?"

"你也感觉到了啊。"

"嗯，有种不舒服的感觉，要不要问问他们?"

"算了，多一事不如少一事。"

还是不要贸然确认。

发生什么奇怪的事情了吗?

　　我给较早来到学校的启诚发去这样一条信息。

　　不知道，不过感觉和之前有点不一样。

　　他虽然不知道具体发生了什么，但也嗅到了异样的气息。

　　可能形成了大组，目前班里的气氛过于平静。

　　我这是为了让他察觉到异样可能的来源。
　　收到信息的启诚环顾四周，然后看向了我。

　　确实是这样，和之前阴暗的氛围相比有了明显的变化，你居然这么快就意识到了这一点。
　　我朋友少，所以对周围的变化比较敏感。
　　如果形成了十人以上的大组，那就有可能大概确定了要踢谁走吧？
　　被盯上的学生就麻烦了。
　　这是谁组织的呢……我们没事吧？

　　启诚的不安通过短信传递了过来。
　　这个组内的人数越多也就意味有更多不甚亲密的人加入，要领导这样一个组织可不是一件简单的事情。

教室里的人越来越多，我暂停了回复信息。

午休或放学后再继续这个话题就好了。

1

午休，我们小组正在聊天。

虽说是闲聊，说的主要还是追加考核的事情。

第一个话题自然是早晨气氛的变化。

启诚向大家传达了较早来学校后察觉到的气氛，大组或许已经悄悄形成了。

"……原来如此，我确实也感觉到了今天的气氛比昨天要欢快些。"

"但现在还处于推测……的阶段吧？"

"嗯，还没有证据证明大组产生了，也不能确认谁被盯上了。"

说到底不过是今天早晨的情况使然。

"要不要向谁打探打探？"

"难说，如果选错了对象，我们在打探消息的事情可能传到他们的领导者那里去，这样的话，他们的目标说不定会转到我们小组里的某个人身上来。"

启诚表示这是他想避免的事情。

"我们没有被邀请进去应该是有理由的吧。"

如果形成了一个大组，那么应该可以告知除目标之外的所有人。

三十九个人对付一个人才是理想的发展方向。

但现实并非如此。

"是因为我们这里面有谁和那个目标人物关系比较好……吗？"

波瑠加静静地环视小组成员，进行推理。

"……或者说……我们这里面有目标人物本人。"

"别再这么说啦，波波……"

爱里有些害怕，但这未必是玩笑话。

"估计从第一天起就开始组队了，逐步接纳可以信赖的伙伴，到了第三天，也就是今天，终于显露了出来。"

启诚的推断有道理，人数不太可能在一天内增加这么多，行动的开始日期可以追溯到通知追加考核的那天。

"如果他们还想增加合作伙伴，可能今天会来找我们组里的人。"

"要是他们盯上的是我们组里的人呢？威胁说不合作的话就让你退学……该怎么办？"

明人不经意间提出了一个很现实的问题。

"那肯定不行。"

"就算最后退学的是波瑠加你自己？"

"这……可是，我不想为了留下而背叛朋友，如果他们来找我说这个事情我会拒绝的。"

波瑠加回答道，虽然气势不强。

"我也一样，绝不会当叛徒。"

爱里心有不安，但还是用力点头表示赞同。

"你呢，启诚？"

启诚稍稍沉默了一会儿，开口说出了自己的真实想法。

"……我基本赞同波瑠加和爱里说的，但事情没有这么简单，真被盯上了就免不了退学，为了守护伙伴而退学，听上去简单……可做起来难。"

"这……阿隆，你怎么想？"

所有人的视线都集中到了我身上。

我现在应该进行一定的引导以统一大家的想法。

"我反对波瑠加拒绝合作的做法。"

"你的意思是要背叛伙伴加入到大组里？"

"不，和对方合作踢掉自己的伙伴是不可能的，但表面上还是装作服从比较好，贸然拒绝合作绝非良策。"

必须避免让情感冲昏了头脑。

"假装和对方合作，掌握对方现在手里有多少否决票、接下来要拉谁加入他们的组织等消息很有必要，不是吗？"

"……确实。"

热血沸腾的波瑠加也冷静了下来。

若和对方硬碰硬，能得到的消息也十分有限。

而且从那一刻起，也不能确定对方到底会以谁为目标。

"即便假装合作，反正投票是匿名的，谁也不会知道当天否决票的去向。"

没人知道自己真正把否决票投给了谁。

"也就是说，这么做对小组的伙伴才最好。"

我点了点头。

"而且他们从第一天开始就静悄悄地扩大队伍，到第三天已经有了一定的规模，那就说明带领这个组织的主谋也相当有头脑，做起事来慎重而且大胆，不让人发觉退学目标者的身份，平田和堀北好像也没有意识到这一组织的存在。"

堀北感受到了些许异样，而平田完全没有表现出察觉到了什么的样子。

该组织将有可能泄露出来的消息彻底锁死了。

"不把平田拉进去是因为那家伙时刻保持中立态度吧，向他请求合作的话，平田不仅不会参与，或许还会勒令那个组织解散。"

"平田的话确实有可能。"

"清隆同学你太厉害了，连这都能弄明白。"

爱里兴奋地拍手，表现出自己由衷的佩服。

"是啊，注意到今天早晨班里异样的人也不是我，而是清隆。"

"我不是说了嘛，一个人待久了，不由得能看出许多东西来，再说了，大组也并非一定存在，目前还处于假设阶段。"

不过是在以假设为前提进行推断。

"还是戒备些好。"

"不要再讨论这些烦心事啦，要不要换个开心的话题？"

明人摆弄着手机说道，语气里还带着一丝无奈。

大家都摇头。

"不太合时宜吧，一想到很快会有同学退学就提不起兴致来。"

虽说小组内的大家团结在了一起，可内心还是不安。

"我……还是担心……"

"还在纠结啊，爱里，你肯定没事的。"

波瑠加轻轻地拍了拍爱里的头，叫她放心。

"可是……"

"说起来，被女生讨厌的我才危险呢。"

"或许是这样的。"

明人刚附和了一句，就立刻被波瑠加狠狠地瞪了回来。

"什么啊，不是你自己说的嘛。"

"我自己说可以，但别人不行，不对吗？"

"……对。"

明人屈服于她不容辩解的绝对主张。

爱里也渐渐失去了信心。

"波波长得好看，又幽默风趣，脑子也好……"

"不不……至少第一个条件我肯定不满足。"

波瑠加对爱里的赞言表示惊讶，同时也在安慰她。

"女生没有必要那么担心吧，男生里多的是抢眼的家伙。"

启诚也想安慰爱里。

"哎，现在麻烦的是男生，都到了这个时候，再怎么装正经也没用了。"

"确实是比女生……咦，那是平田同学吧？"

波瑠加有些不确定，大家循着她的视线看过去。

那确实是平田的身影，只是少了点气势。

那个男人平时总是站得笔直，脸上常挂着笑容。

可看他现在的表情，实在说不上好。

"他果然还是在担心这次考核的事情啊。"

"好像是的，就像换了个人。"

我们担心地目送平田离开。

"明明完全不用担心退学的会是自己，他背负的东西太多了。"

"这次会有人退学也是无法避免的事情啊。"

大家看向平田的眼神里带着莫名的同情。

我默默地听着这些对话，这时，收到了一封邮件。

无法无视。

"抱歉，有人找我有点事。"

"是谁？"

波瑠加饶有趣味地看了过来。

爱里也看向了我，眼里充满不安。

"是堀北，应该是关于这次考核的事情。"

"啊，哦。"

波瑠加好像明白了什么，立刻丧失了兴趣。

可能是想起了几天前找龙园的事情。

在伙伴们的目送下，我离开了咖啡店。

2

对方把我叫去了午休时间少有人来往的从宿舍通往学校的路。

路边有一个休息处。

天气暖和的时候或许还会有人，但现在是冬末，谁也不乐意出门。

"抱歉，把你叫出来。"

"没事，倒是我让你在这么冷的天久等了。"

"没关系。"

和我见面的人是堀北。

但不是妹妹铃音，而是哥哥学。

"……你好。"

橘轻轻低头。

离开了学生会以后，橘还是继续跟在堀北的身边。

感觉二人并不仅限于上下级关系。

以前的橘对我的态度多少有些尖锐，但现在克制了些。

或许是因为之前中了南云的圈套而差点退学的事情。

"听说你们的追加考核开始了？"

"消息真是灵通啊，不过也快要结束了。"

"已经有好几个一年级学生来找三年级的商量了，不过应该没有能够提供切实帮助的三年级学生。"

"果然没有前辈借出个人点数吗？"

"这很难，虽说每年都会举办特别考核，但考核形式基本上以三年以上的时间为一个循环，这是为了防止在校生泄露考核信息的情况发生。"

这和我猜想的一样，不过这也能理解。

"而且这次我们三年级的特别考核估计会以个人点数多少来决定胜负，也就没有多余的点数借给低年级学生了。"

原来如此，难怪橘的脸色不佳。

因为自己的失误使班级损失了两千万的点数。

而且这笔钱还是特别考核的必要资金，这让她更加愧疚。

"对不起，如果我当时再聪明点……"

在自责的驱使下橘向堀北哥哥低下了头。

"你没必要道歉。"

"啊，嗯，嗯。"

恐怕已经道歉过许多次了，堀北哥哥制止了她。

"从你妹妹那里得到什么消息了吗？"

"铃音没有来找过我。"

"这次的追加考核史无前例，需要有人给你妹妹提建议。"

那个家伙现在正处于挣扎状态，还和龙园进行了接触。

虽然最后没得到什么有效建议。

"那由你来承担这个任务就好了。"

"这是不可能的，我和你妹妹不是一类人。"

"难道我是吗？"

"至少你比我更接近她。"

"……"

短暂的沉默。

"她现在应该正迫于对接下来的战斗方式做出选择，能够引导她的就只有你了。"

"就算是这样，做选择的也是她自己。"

这确实不是堀北哥哥能干预的事情。

本就该由堀北铃音自己来判断并做出决定。

"所以，你把我叫出来有什么事？"

大家都不想在这大冷天里一直待在外面受冻。

既然他不愿意谈论他妹妹的话题，那就说正事吧。

"是南云的事情，想问问你他有没有什么奇怪的动作。"

"这种事情没必要特地见面说吧。"

"是我拜托的。"

说话的是橘，没想到堀北哥哥叫我出来的原因在她。

"我想知道你被认可的原因。"

橘的眼睛里还带着悔恨。

虽然不知道具体原因，但堀北哥哥答应这一请求或许是想让橘得到成长。

"我被认可？我应该只对堀北哥哥做过失礼的事情。"

"这我知道。"

如此快速且明朗的回答让我的内心有了些许触动。

"但是……我打算拓宽视野，想知道你所拥有的、而我却看不到的、值得被认可的能力到底是什么。"

"怎么样？再次见到绫小路你有什么感想？"

"说实话我完全看不懂他。"

"我想也是。"

他们的对话让我摸不着头脑。

可能是想稍微缓解一下异样的氛围，堀北哥哥露出了淡淡的笑容。

"遗憾的是，想知道绫小路的真正价值，恐怕要等我们毕业以后了。"

"不，等你们毕业了我也不会发生改变。"

"我也这么觉得。"

可是，居然为了这种事在大冷天把我叫出来。

哎，这也证明了橘所受的伤害之大吧。

"南云执着于打败你，所以没空来对付我不是吗？既然如此，你和他正面对抗一次就行了。"

这对一个很快就能够以 A 班身份毕业的男人来说是个无理的要求。

可不管怎样，南云早晚会出招。

不对，可能已经有了行动。

"……南云同学最近和三年 B 班联系很是紧密，我觉得他应该会像集训时那样在背后提供全面的支持。"

为了打败堀北哥哥而设法使他降到 B 班。

"麻烦真是接二连三，我只想安稳度日。"

"一年级学生要想以后过得安稳，就不能对南云的问题放任不管。"

堀北哥哥确信下个学期会发生大事。

等要打倒的目标人物堀北哥哥毕业了以后，南云便会为所欲为，做出疯狂的举动。

堀北哥哥想让我采取对策。

"我会尽力而为。"

我暂时如此回答。

3

这天夜里，我洗完澡出来后，看到手机上显示了好几通来自惠的未接来电。

每隔一分钟打来一次，看来是有急事。

我草草擦干头发，正要拿起手机回拨过去的时候，惠又给我打来了，我按下通话键。

"喂。"

"啊，终于打通了。"

"感觉你很着急。"

"那肯定的啊……出大事了，清隆。"

"大事？"

"不知道是谁主导的……让大家投票给你，要让你退学。"

"这样啊。"

"你早就知道了？"

"没有，这是我第一次听说，不过我已经猜到有人被盯上了。"

我是真的现在才知道这个人就是我自己。

"你为什么这么冷静？"

"你知道有多少人要投票给我吗？"

"不确定……但凭感觉来说，班里一半左右的人都同意投票给你了，还威胁说如果告诉了你就把目标转到那个泄密的人身上。"

想对付一个人就少不了这种威胁。

原来如此，半数以上的人都被控制住了。

就算从绫小路小组的成员和惠那里得到了赞赏票也无异于杯水车薪。

"但你就这么轻易告诉我了？他们的目标会转移到你身上哦。"

当然了，前提是我把惠泄密的事情说出去。

虽然不知道是谁组织的，但做得很巧妙，将某个特定人物列为目标并逼至退学这个策略本身不难想到，可票并非轻易就能汇集起来，因为提出这个策略的人基本上会被认定为"恶人"，如果是正义感强的学生，或者和目标人物关系亲密的人知道了这件事，可能反过来将主谋者逼至退学。人对陷害伙伴的行为是有抵触的，可对待罪恶能够毫不留情加以审判，连波瑠加和明人这种相比起来性子烈的学生都没有带头说要让谁退学，只不过是计划在组里进行商讨，选出候选人，再大家统一进行投票而已。

把我确定为目标的那个主谋，并不担心自己会成为退学的对象。

"我们应该做点什么吧？或者，该怎么说呢，你能做点什么改变现在的状况吧？"

"不好说，假如真的有一半的人与我为敌，那事情也就麻烦了。"

就算我收集到了十票左右的赞赏票，也不一定能脱离困境。

大组的那些人自然会给自己的伙伴投赞赏票。

我退学的风险很大。

"谢谢你告诉我这件事。"

"不用谢了……所以你到底打算怎么办啊？"

"怎么办呢……我现在开始想一想。"

"看上去那么完美的你原来有也疏忽的时候，如果我不在，你可能就神不知鬼不觉地退学了。"

"所以还好有你在。"

"啊，嗯……"

有了这样的帮手，能得到我所掌握不了的信息，我才能提前知道自己的退学危机。

"我再联系你。"

"嗯，我知道了。"

我和惠的通话结束了。

虽然还想就三月八号的事情说点什么，但现在不是时候。

目前最重要的是搞清楚我会被盯上的原因。

"那么……"

138

我紧握手机，开始慢慢思考。

该联系谁呢？这个问题也会在很大程度上左右接下来事情的发展走向。

必须排除掉事情主谋者和相关人员。

话虽如此，和无关人员商量也并不会给现在的情况带来好转。

"……既然这样。"

我没有事先打招呼，直接拨出了电话。

要先把该做的事情做完。

没过多久电话就接通了。

"什么事？"

接电话的人还是和平常一样的语气，是堀北学。

"是关于这次追加考核的事情，内容很严肃。"

"等一下。"

我听到了流水的声音，等了大约十秒。

"我刚刚在洗衣服，感觉你要和我说的不像是能开免提听的事情。"

"抱歉。"

"是不是有了什么不好的动作？"

我和堀北哥哥在白天的时候见了面。

那时我还没有说这件事，他应该意识到了情况有变。

"班里有了动作，要成立大组，让某个人退学。"

"从考核内容来看出现大组是必然的，所以，是谁被盯上了？"

他的脑海里可能浮现出了自己妹妹的样子。

"是我。"

"别开玩笑了。"

"我没有开玩笑，现在班里一半左右的人都同意将否决票投给我。"

"哦？"

"这是个大危机，所以才想着和你商量一下。"

"连你也无计可施？"

"老实说是这样的。"

不过事实上我现在所做的事情就是我的对策。

"你希望我做什么？考核的事情我应该帮不了你。"

"嗯，我希望你做的只有一件事。"

我告诉了堀北哥哥。

而我接下来的行动也要依据他接不接受这件事而定。

"……原来如此。"

"这对你来说应该也不是坏事，以这次的事情为由就可以。"

"确实，如果不那么做的话我也接受不了。"

"不需要发挥原学生会会长的权利，也并不算直接帮了我。"

堀北哥哥这么聪明的人，就算我不说，他也能明白。

"你是不是早就想好了不论班里的谁被盯上了，都用这种方法来处理？"

"嗯，不管怎么样我都打算联系你，今天白天的时候也想和你说这件事，但……"

"因为当时橘在场？"

我当然知道她不是那种会泄密的人，但还是保险起见为好。

"这算什么大危机，你本来就没有陷入危机。"

"还要看明天的情况如何，若是没有你的帮助，我就必须强行出手了，你应该也知道让我站在明面上不是一个好选择吧？"

"……懂了，明天行动。"

"帮了大忙了，知道主谋是谁以后我会联系你的。"

和堀北哥哥打完电话，我给手机充上了电。

"首先。"

我从一开始就打算执行一个战略以应对这次考核。

为了清除没有用的学生，我需要这么做。

但是，既然现在我自己被当成了目标人物，那就有必要开始具体实施了，我决定接下来打电话给桝田。

"晚上好，绫小路同学，我还想着你今天说不定会给我打电话呢。"

"那我就理解为你已经掌握相关情况了，可以吗？"

"嗯，你现在的处境好像很困难呢。"

栉田果然知道了我是退学候选人的事情。

"你不会是因为我们两个人的合作关系，想让我告诉你点什么吧？要是我把这件事泄露出去了，目标就会转移到我的身上来……"

这当然不是真正的理由。

"这件事是从谁那里听来的？"

栉田的兴趣点在于我是从何处掌握的这个消息。

"匿名者。"

"哈哈，那你告诉我，那个人说了什么？"

说了什么……

我没有回答这个问题，

"绫小路同学脑子聪明，是觉得不能随便开口吧。"

"你猜错了，想知道什么？"

"比如，对方告诉你主谋者是谁，还有大约收集了多少票。"

也就是说这里面有栉田想知道的信息吗？假设对方和惠说的是收集到了班里一半人的票，和其他学生说的是三分之一人的票，仅凭这一点也能弄清楚是谁告诉我的。

"我们都在猜测对方的心思呢。"

"难道说栉田你是主谋者？"

"怎么可能？我在班里可是完全中立的，象征着和平。"

看她的样子，就算不是主谋者，也是和主谋者走得近的人，我继续说道：

"也是，如果是你的话，那被盯上的就会是堀北了。"

"啊哈哈，是的。你明知来找我商量会有一定的风险，还要来联系我，是遇到什么困难了吧……希望我做什么？"

"我想知道主谋者是谁。"

"事到如今，你就算知道了也没用，即便如此你还想知道？"

栉田会随机应变，让她告诉我并非难事。

"告诉我。"

"你真是耿直呢，可我是不能背叛朋友的……"

栉田在电话那头发出了小恶魔一般的笑声。

"不对，应该说就算我想告诉你也告诉不了。"

"什么意思？"

"遗憾的是，只有我一个人知道那个主谋是谁。"

"……这样啊。"

"不愧是绫小路同学，懂我的意思了吧。"

那个决定让我退学的主谋者，找的第一个人就是栉田。

然后利用栉田选出和我关系不甚亲密的人，逐渐拓展范围。

还有一个原因，班里同学很信任栉田，难以拒绝她的请求。

"绫小路同学你的话，早晚会搞清楚主谋者身份的吧？所以就算我现在不告诉你也没事的。"

"不，如果你不告诉我，我估计会很难办，因为对方也想隐藏这一点，所以才全部托付给了栉田你不是吗？"

"好直接呀。"

"因为我知道栉田你能看穿我的想法。"

来问栉田算是问对人了。

但同时也还有纰漏。

"而你居然接受了对方的邀请呢，这明明会让你参与到逼迫他人退学这一过程中来。"

"没办法，我也很难办啊，拒绝了的话不就会让人家觉得我不乐于助人？要是出去乱说什么求我帮忙但我拒绝了，那我就麻烦了。"

这种事确实很有可能发生。

"我也是进行了艰难抉择后才这么做的，我不希望你退学，但也不能背叛前来寻求我帮助的同学，我还感觉到自己有点被人抓住了要害。另外，背叛之人会成为目标人物这件事好像也传开了。"

对栉田来说，即使被这样威胁其实也还是能够选择不合作的。

但她特意选择了和对方合伙，这一点让人有些在意。

　　理由之一应该是为了保护自己，贸然拒绝，可能会导致主谋者不让自己进入其主导的组织内，或者被怨恨，导致自己受到对方的攻击，因此，她才多少冒着点危险站到中间，成为组织者。这样就说得通了。

　　枥田这个人虚荣心很强，喜欢受人崇拜、赞美，还想支配别人，面对身处不幸的人，内心会感到愉悦。

　　"你明白我所处的状况了？我是想帮也帮不了啊。"

　　主谋者身份若是露出水面，那泄密之人就会被认为是枥田。

　　真是把枥田吃得死死的。

　　"看来我是不能强行问出点什么来了，抱歉，这么晚打电话给你。"

　　"咦？你就这么放弃了呀。"

　　"也不能让你为难，看来这次的事是得不到你的帮助了。"

　　"没有我，你能找到主谋者？"

　　"不知道，没自信。"

　　我在向后退，将枥田往前引。

　　她要是不上钩就没办法了，不管主谋者是谁，对我的策略都没有太大影响，只是知道了的话事情会好办一点。

　　"该怎么办呢……"

　　枥田停住了。

　　不对，是自己上前咬住了钩。

"谁叫我和绫小路同学是朋友呢，好吧，那我就告诉你。"

既然如此，我就不必再退了。

"……怎么改变想法了？"

"可能是因为我想知道绫小路同学你的应对方法吧，但是，如果最后对我有任何不利，那我可不能原谅你哦。"

"我知道可以与谁为敌，不可以与谁为敌。"

"太好啦。"

我觉得电话那头的栉田一定露出了淡淡的笑容。

"是山内同学哦。"

她说出了临时主谋者的名字。

加个"临时"是因为还没办法确认这一消息是真是假。

"这样啊，是山内啊。"

"你不觉得惊讶呢。"

"毕竟他是退学候选人里的一个，会主动行动起来也不奇怪。"

"……这就够了？"

栉田在试探我。

"知道主谋者身份后我反而觉得有点奇怪，栉田你也没有蠢到被山内操控的地步，应该能拒绝他，顺利糊弄过去的吧，毕竟特意隐藏主谋者身份来当这个中间人是相当危险的。"

"那我为什么没有拒绝呢?"

"你应该知道真正的主谋不是山内,有人站在他背后。"

语气一直都很欢快的栉田声音也低沉了起来。

"你知道了这么多啊。"

"之前坂柳来找过山内,难道是她?"

期末考试之前她来找过山内,这件事还在 C 班成了热议的话题。

我说的是除了我自己和坂柳的接触,能让栉田认同我的推理的事情。

"我当时真的惊呆了,嗯,你说的是对的,山内同学背后是 A 班的坂柳同学,我也不想和她为敌啊。"

"你是怎么知道的? 山内告诉你的?"

"不是,山内同学没说,但你知道我有广阔的情报网对吧? 是一个 A 班女生告诉我的,说要控制山内同学,对 C 班做些什么。"

事情的发展真是精彩至极,这样一来,山内来找栉田的事情也会被看作是坂柳的指示。A 班的桥本对我和惠的关系存疑,所以可能提议悄悄建立起组织,如果不想让我知道,就要避开惠。

但如果是这样,直到最后都不该拉惠进组,而我也会更晚意识到自己被盯上的事情。

"坂柳同学为什么会选你呢？随机还是刻意？"

"不知道，我和坂柳并没有什么接触，或许她只是挑了一个存在感低的学生。"

"嗯，是啊，除了堀北、须藤，还有幸村同学他们，应该也就没有人会冒险告诉你了吧。"

可是，主谋者是坂柳的话事情就不一样了。

坂柳为什么要特意延后我们两个人的比赛？

为了钻空子击败我，甚至不惜违反约定？

她既然现在对我下手，那么就必须同时做好下次特别考核我不会再和她比的心理准备，因为让山内收集否决票投给我无疑是违约行为。因此可以得出一个答案：她和我的约定不过是谎言。

假装说要把比赛改到下次，实际上是给我挖了一个坑。

不对……依照我对坂柳的了解，她不是会选择这种方法获胜的人。

那么，应该如何看待这次的骚动呢？

"帮我大忙了，栉田。"

"好好处理这件事，不要退学哦。"

结束通话，我将手机放到床上。

"不管她的企图是什么，我要做的事情都不会发生改变。"

既然知道了主谋者的身份，接下来只要把这告诉给堀北哥哥，让他行动就好了。

善与恶

早晨，我一进教室，同学们就齐刷刷地看了过来。

但目光又立刻分散。

随后不知道从何处又会冒出来这样的视线，不断重复。

让我退学。

行动已经开始了。

这应该就是我昨天感觉到的异样。

明人和启诚等绫小路小组的成员并没有什么变化。

并非这四个人的演技高超到了让我察觉不出的地步。

既然对方也在组队，就自然不会把消息泄露给我这一方的人。

而我也不能让他们担心。

若贸然将消息泄露出去，会暴露惠的身份。

我只能自己处理。

"早上好，绫小路同学。"

"嗯，早上好。"

堀北来上学了，看样子还什么都不知道。

"嗨。"

须藤应该和她是一起来的，两人几乎同时向我打招呼。

"先说一句，我和她是偶然碰到的。"

"我没问。"

须藤自鸣得意般哼哼着走向自己的座位。

他应该没有参与这件事。

虽然他心里可能想让我退学，但若答应了山内，则会大大影响堀北对他的评价，而且他的演技也没有厉害到可以装得这么自然。

"……对了。"

等周围没有其他人的时候，堀北小声问我。

"什么？"

"你做了什么？"

"你是不是少说了点什么？请先把话说完整。"

"和我有关的事情，你做了什么？"

还是这么抽象的问法。

"不知道你想说什么，不过，我什么都没有做，没有那个闲工夫去管你的事。"

"没有闲工夫管我？什么意思？"

"我随便说的，别放在心上。"

马上就要上课了。

从堀北的态度来看，应该还没有和她哥哥直接接触过。

行动要到下午了。

1

周五正午，明天就是考核日。

我，堀北铃音，想起了昨晚的事情。

我在差不多就要睡着的时候，收到了一封邮件。

看到发件人名字的那一刻，觉得自己的心脏都要蹦了出来。

是哥哥发来的。

上面只写了一行字。

你没有任何遗憾吗？

只是一条问句形式的信息。

我读来读去，在脑中思考。

身处迷惘中的我，还能做什么呢？

可这是千载难逢的机会。

错过的话……下次听到哥哥的声音就是毕业典礼的时候了。

能聊聊吗？

下定决心后，我写下了这样一条信息。

接下来只要发出去就行了，可是我的指尖很沉重，按不下去。

"呼……"

我调整好呼吸，点下发送，接下来就只需要等待哥哥的回复了。

会不会有回信呢？我在不安中等待。

哥哥的回复以电话的形式到来。

我松了一口气。

真是太好了，这样哥哥就看不到我颤动的手了。

"……是我，铃音。"

"你说你要和我聊聊？"

"是的。"

"聊什么？"

"……那个，为什么要给我发那样一条信息？"

"现在这个重要吗？你电话里想说的就是这个？"

"不，不是。"

担心哥哥挂断电话，我慌忙否定，想留住他。

"哥哥有时间的话……能不能直接见个面？"

"直接见面？"

"是……是的。"

"从你进入这所学校，又拒绝离开的时候，我和你的关系就已经终止了，你知道这一点吧？"

这很残酷，却是现实。连这样和哥哥进行联系都让我觉得不可思议。

我和哥哥的距离就是这么遥远。

其实我有很多话想和哥哥说。

可是……这不是哥哥想要的。

"我有事情想当面问你。"

哥哥没有说话，我继续慢慢往下说。

"这是最后一次……我以后不会再找你了。"

这是我能拿出来的唯一筹码。

"好，可以。"

——这就是我和哥哥昨晚的对话。

而我，正在去见哥哥的路上。

为了不被人察觉，我们的会面地点选在了一般没人会去的特别教学楼。

等我到那里时哥哥已经在等着了。

2

"久等了……"

在铃音看来，静静伫立着的学和以前一模一样。

是自己一直以来奋力追逐着的终点。

"上次和你这样两个人说话是什么时候来着？"

"……不把开学后的那次算进去的话，已经隔了三年左右了。"

"没想到隔了这么久啊。"

学回想起了初中一年级时的铃音。

自己在决定进入高度育成高中的时候，就渐渐疏远铃音了。

当时怎么也没想到妹妹会和自己走同一条路。

可现实就是这样，铃音现在就站在学的面前。

"说吧，你要和我说什么？"

如果她在这里说什么想和哥哥言归于好之类的话，那两人的对话就继续不下去了。

学会转头就走。

以前的铃音或许会这么说，可是……

"是和追加考核相关的事情，哥哥也知道一年级的这个考核吧？"

"嗯，是要强制选出一名退学者吧。"

"是的。"

"所以呢？"

学让铃音继续说下去。

但刚刚说话还相对流利的铃音有些欲言又止。

"我自己的个人点数在集训的时候基本用光了，如果你想让我帮你，那就是在浪费时间。"

"不，我想要的不是……那种形式的支援。"

她不再犹豫。

"我今天想和哥哥说的是……请给我勇气。"

她接着往下说。

"我想要直面这场考核，其他人为了不让自己退学都在组队搭伙想控制票数，但是这么做的话，未来有一天一定会后悔的，所以我……想要抵抗。"

学静静地听着这番话，注视着她坚定的眼神。

回想起昨天绫小路所说的。

妹妹想要做的事情。

绝不容易。

但是，她想尝试其他人都无法完成的事情。

为了拿定主意，她下决心来见自己。

"你时间没问题吗?"

"没问题……"

"既然如此……"

铃音有些惊慌失措，不知道哥哥问这个做什么。

"在具体听你讲之前，我想先问一句，你觉得这所学校怎么样?"

"嗯?"

"在这里开心吗?"

"啊，嗯……开……开心。"

未曾想过会被问到这个问题，铃音明显动摇了。

"对……对不起，那个，什么……"

铃音一直回答不出来，但学没有要斥责她的意思。

"说实话……我不知道自己开不开心，但是，不无聊。"

"这样啊。"

铃音不能理解学问这个问题的意图。

回想起来，上次这样和自己的哥哥正常交流也已经是很久以前的事情了。

"看样子你克服了自己的一个缺点。"

"我的缺点……吗？"

"对，你以前过于自我，从不在意身边的事物。现在随着视野的扩大，你渐渐从无趣的日常中脱离了出来。"

"感觉这不像是哥哥你会说的话……呢。"

铃音记忆中的学总是很认真，不苟言笑。

时刻都在为提升自己而努力。

应该不会认为学校是用来感受开心快乐的地方。

"你可能觉得我只看数字，目的只有在考试时得高分。"

"那是因为……哥哥是我永远的目标。"

铃音此前说过好几次哥哥是自己的目标这种话。

而学每次听到都会露出严峻的表情。

"目标啊。"

"……我知道的，我绝不可能追上哥哥，但是，我想要努力做到无限接近哥哥，这应该不是坏事吧。"

尽管这和她的骄傲不甚匹配，甚至让她觉得有些羞耻，但还是想让哥哥看到自己奋力追逐的心。

学没有回答，只是静静地闭了一下眼睛。

"你怎么看绫小路？"

"……怎么看？"

"直接说出你心中所想就行。"

"我觉得他是个讨人厌的同班同学，拥有着能够让哥哥认可的能力，却不去运用，我不喜欢他这一点，但我早晚要追上并超越他。"

"遗憾的是你追不上绫小路。"

"……"

"不过你也完全没必要去追，你只需要做自己，在自己的努力下成长即可。"

"做自己……"

学稍稍缩短了和妹妹之间的距离。

若是铃音自己再往前走一点，就能伸手碰到哥哥了。

可铃音迈不出那一步。

"害怕吗？"

"……害怕"

铃音从小就迈不出那一步。

这点距离在她眼中远得让人绝望。

"要想靠近，你就必须前进。"

"我要怎么做……怎么做才能前进呢？"

"我接下来就把方法传授给不成熟的你，所以你说吧，你打算怎么行动？"

铃音点点头，开始慢慢说出自己的想法。

3

投票前一天，已经放学了。

明天就要从这个班里选出退学者，离开这里。

每个人都不安，但又相信自己没事，把心放到肚子里。

没错，因为已经决定好了牺牲品。

让绫小路清隆退学。

一半的学生都达成了一致意见。

其中大部分人恐怕都对我抱着一定的罪恶感。

但这点罪恶感在自己能够得救这一条件面前不值一提。

会随着时间的流逝而消失。

一年后谁都不会记得班里有这样一名学生。

对此我当然不会心怀怨恨，每个人都为了不退学而拼命思考对策，我只是偶然被盯上了而已。

山内获取栉田的同情，顺利地将她拉入自己的阵营，和她商量投票的事情。

而栉田深受朋友的信赖，无数人向她倾吐衷肠。她所拜托的事情，别人无法轻易拒绝。

山内的计策并不坏，作为要承担风险的主谋，他做得不错。

但可惜的是他们盯上了我。

如果单纯只是不想退学，就应该以池和须藤为目标。

因为那两个人躲不开。

不过既然背后有坂柳在作怪，事情就不会那么简单。

总而言之，既然现在我自己要被除掉，那我就只能行动起来除掉别人。

不过，这件事不由我开始。

我只是被山内盯上的没存在感的学生，并不是能够打破僵局的那个人。

承担这一任务的另有其人。

坐在我旁边的少女，她的变化比我想的还要大。

就像被施了魔法一般，气场完全改变了。

"班会到此结束，明天是周六，有考核，记得别睡懒觉。"

茶柱的话意味着今天课程的结束。

就在大家开始收拾东西回家的瞬间。

被静寂包围的瞬间。

到时候了——行动吧，堀北，现在的你可以做到。

我旁边的少女将椅子后移，站了起来。

"大家能给我一点时间吗？"

堀北大声叫住班里所有的人。

大家好奇发生了什么事，目光自然都聚集了过来。

"抱歉，希望大家能留下来一会儿。"

茶柱似乎也想知道堀北接下来要做什么，停住了脚步。

"怎么了，堀北同学？"

在这种时候，平田的反应比谁都要快。

因为他对班级的变化是最敏感的。

"关于明天的特别考核，我有事情必须说。"

"明天的特别考核？"

"什……什么呀？我和宽治这之后要出去玩的。"

"就……就是。"

山内他们表示自己没有时间。

"你们两个人真是悠闲呢，明天说不定就要退学了，今天还约好出去玩。"

堀北的视线落在山内身上，他慌忙躲开。

"那是因为……再担心也没办法，我们已经做好思想准备了。"

"这样啊，你们可真想得开呢，但是不好意思，并不是所有人都像你们那样心大。我要说的事情要求必须全员在场，能不能帮个忙？"

"你到底要说什么啊？"

"有关明天考核的退学者，很重要。"

堀北走到讲台前，站定。

她是想站在能清楚地看到每一个人的位置上吧。

"退学者的事情……呃，是什么啊？"

山内明显比平时要嘴快。

他的态度不同寻常，而这无意识中表现出来的样子里应该也夹杂着他的愧疚。

"这些天我想了很多，谁该留下，谁该退学，该怎么得出问题的答案。而今天，我终于明白了，所以就让我现在告诉大家。"

"等一下，堀北同学！"

制止她的并非山内，而是平田。

"这个班里可不存在应该退学的人。"

"是吗？说不定有这样的人哦？"

"怎……怎么会……"

"我从知道这个考核的时候开始，心中就有一个很大的疑问，明明需要班级内部进行评判，然后根据结果决定退学者，却连一点讨论的时间都不设置，这就变成了一场拉帮结派以控制票数的战争，使得本应该留下的优秀学生有了退学的危险，这种东西不应该被称为考核。"

最先被她这番话震撼到的，是茶柱，然后就是高圆寺。

"我不知道你身上发生了什么事，就像换了一个人一样，不过你这话算是说到点子上了。"

高圆寺拍着手继续往下说：

"那你能告诉我们你想怎么做吗？"

"本来大家应该一起讨论确定退学者，但我也知道这实际上难以实现，因此……就让我点名指出应该退学的人。"

"等……等等，堀北同学！"

"不好意思，让我先说完，我之后会好好解释点名的理由。"

堀北像赶时间一样，急着把话往下说。

"不行，我不能让你扰乱班级秩序。"

平田毫不退让。

他也有他的原则。

"谁都有说话的权利，你要反对也一会儿再说。"

须藤插话进来，不让平田阻碍堀北表达意见。

"红发同学说得对，我也是腾出了珍贵的休息时间留在这里，你加以阻止才是浪费。"

对这件事抱有兴趣的高圆寺也来帮堀北说话。

"但……但是……"

堀北趁此间隙开口道：

"我认为在这次特别考核中……该退学的是山内春树同学。"

在全班同学的注视下，堀北清楚地说出了这个名字。

在此之前，有好几个学生都在私底下商讨谁应该被列为退学候选人，但堀北是第一个这样直接点名让大家投票的人。大家之所以谁都没有这么做，当然就是因为这会一手招致被点名学生的怨恨，而且要是都已做到这种地步还是没有让大家投票给那个人，很可能会让自己成为被投票的对象。

"为……为什么是我啊，堀北？！"

最先作出反应的当然是山内，也不可能是别人。

要是不反抗的话，他就会被当成否决票的靶子，必死无疑。

"我有明确的理由。首先，这一年里你对班级的贡献极低。"

"没有，没有这回事！我考试成绩一直在健前面！"

"这次就被他超过去了。"

"这是……怎么说呢，也就这次咯！"

"就算你的学力在须藤同学之上，要论身体素质，你可差了他不止一点点。"

"那宽治不也一样啊！这次他可是最后一名！"

山内在顽固抵抗，这也是自然。

不管现在是谁成了被攻击的对象，都会这么做的。

"确实有一些学生和你的情况类似，你说得也没错。"

"对……对吧？你快饶了我吧，别点我的名了……"

"但是，和他们相比，果然还是你差一些。根据此前的上课态度、迟到情况和实力高低来排序，你对班级的重要程度最低，你上面是池和须藤同学，这个结论是我昨天得出来的。"

"我……我也是退学候补啊！"

须藤神色慌乱。

"你的学力和精神面貌最近确实在进步，但也抵消不掉此前多次给班级添麻烦的前科，我没说错吧？"

"……啊，是的。"

事实就摆在眼前，须藤只得老实接受。

池可能也认同了这一点，表情颇为凝重。

"你在胡说些什么啊！真让人恼火，对吧，宽治、健？"

山内想把同样被安上退学候补烙印的两个人拉进自己的阵营，可这两个人根本就无力反驳。

"而且啊，我还算老实，高圆寺可是连特别考核都不参加的问题人物呢！"

"高圆寺同学在行动上确实还有很多需要改正的地方，但他知道这次商讨的意义在哪里。而且就能力高低这一点来说你和他没有可比性，至少他不是该在这次考核里退学的学生。"

高圆寺露出放肆的笑容，满意地架起胳膊。

"我不同意！这太荒谬了！"

"那就让我说说在这一群人中单单选中你的决定性原因吧。"

堀北冷静地逼近大吵大嚷的山内。

"什……什么决定性原因？"

感觉到堀北释放出来的异样气息，山内的气势瞬间弱了一半。

"在这次考核里你应该有着不可告人的愧疚感，不是吗？"

山内被堀北的强硬语气所压制。

"什么愧疚感，没有……"

"你自己不说就由我来说，你为了让绫小路同学退学，利用栉田同学做中间人，在拉帮结派吧？"

"什么？！"

教室里瞬间炸开了锅。

尽管有一半的人知道控票的事情，但对于主谋是山内这件事是不知情的。

"要让绫小路同学退学？"

除了绫小路小组的成员，还有一个对此感到惊讶的人，那就是平田。

他时刻保持中立，关心班级事务，这件事情不可能让他知道。

"嗯，这是不可争辩的事实，是吧，大家？"

栉田在主谋山内的拜托下，和许多学生说过此事。

就算没人承认，只要参与了便会露出马脚。

仅凭这一点，平田就意识到有一半的学生都进入了山内的阵营。

"所以……大家才这么冷静……"

"这个计划从小团体开始，现在已经扩张到了相当大的规模，只要能集中超过一半的否决票投到一个人身上，那么这个人的退学就无可逆转了，是这样吧？"

"不，不是我做的！"

山内一个劲地否认，但他并没有辩解的余地。

"那么又是谁呢？"

"我……我不知道啊！就是，那个什么……有人叫我把否决票投给绫小路！"

情急之中撒谎保身可不是什么正确的选择。

"那你就告诉我，是谁叫你把否决票投给绫小路同学的？"

"是……呃……"

"你确实是从别人那里听来的吧？那就不可能不知道是谁咯。"

不知如何是好的山内环顾四周。

"……宽治，我是从宽治那里听来的！是吧？"

他把矛头指向了自己亲密的伙伴。

"不是，咦？不是我！"

池当然会否定。

"池同学，是这样吗？"

"不不不，不是不是，我……"

池一时语塞。

也是，找池商量的人是栉田。

池很难就这么出卖她。

"既然你回答不出来，难道就像山内同学所说的那样，你就是主谋？"

"不是，不是！哎呀，呃……是桔梗拜托我帮忙……说有个同学有退学风险，要我帮忙把票投给绫小路。"

池将箭头指向栉田。

栉田自然也不会就这么老老实实地承认。

毕竟她比谁都讨厌被人批判的感觉。

"莫非你是主谋，栉田同学？"

堀北一个接一个地排查。

像这次目标是某个特定人物的场合，就算主谋不现出原形来也没关系，这样一个人一个人地排查下去早晚能得出真相。

"是……有一个人……那个什么……拜托我帮忙……我没能拒绝……"

"这个人是谁呢？"

山内为了脱身而放出的利箭最终还是回到了自己这里。

可山内如热锅上的蚂蚁，又着急慌忙地将烫手的山芋抛了出去。

"对，对了！是桔梗叫我这么做的！说要让绫小路退学！"

一旦撒了一个谎就需要撒无数个谎去圆。

"我……我?！"

"大家都是从桔梗那里听来的吧？对吧？对吧？"

栉田确实被委了中间人的任务。

但大多数同学都知道。

栉田桔梗为朋友两肋插刀，不会做这种陷害他人的事情。

大家积累至今的信赖感是山内无可比拟的，两个人的差距明显。

"怎么可以这样，山内同学，你太过分了……我……是为了帮你……所以才这么努力的……我其实并不想抛弃绫小路同学……"

栉田趴在桌子上，声音中饱含着苦痛与挣扎。

仅凭借这一幕，估计同学们就能脑补出山内乞求栉田帮忙的情景来。

山内的处境不断恶化，他当然不忍心看到栉田这么伤心，可现在自己绝不能成为那个被批判的对象。

最差的后果就是退学。

"……栉田同学。"

堀北呼唤掩面低头的栉田。

谁都以为她要安慰栉田。

"你的所作所为也是极其错误的。"

她以强硬的语气批评栉田。

"在这个班级里，你和平田还有轻井泽拥有同等的……不对，是更加强大的影响力，要是你呼吁大家把票投给谁，必定会有大量的人跟风。"

"我……我本意并非如此，一心只想着帮山内同学……"

"不要再狡辩了，你不是那么蠢的人，你从一开始就知道若是自己插手，事情会怎样变化。"

面对堀北的指责，栉田哭着站起身来。

"我没有想那么多！只是，只是无法对山内同学放任不管……太痛苦了……想为他做点什么！"

"不，你是知道的，明白事情会变成这样，但还是这么做了。"

"……"

堀北的叱责十分强硬，栉田退缩了。

就算想强烈反驳也做不到。

因为她不可能在这里褪下自己天使的面具。

堀北不会不知道这一点。

"这次的事情是你的判断错误，你应该早点采取挽救措施。"

"怎么会呢，我……怎么能……"

"就把这次的事情当个教训，今后多为班级着想。"

堀北不听栉田的辩解，强行结束了两人的对话。

"不管怎么样，元凶是山内同学这件事看来没错呢。"

堀北将暂时指向栉田的矛头再次转回到山内身上。

"等……等等，堀北，都说了不是我……"

"不不不，这件事情真是有意思。不过，在这场考核里，除掉谁这一想法本身并不奇怪吧，说得难听点，这就是一场班级底层的人赌上去留的战争，你就这么指责他一个人是有什么其他理由吗？"

这是来自刚开始完全保持中立态度的高圆寺的发言。

而他现在则完全倒向了堀北这一边。

"对，组队除掉谁这种行为，虽然不值得被褒奖，但也是为了留下来不得已而为之的，若单纯出于这个目的就不该被指责。"

"哦？"

"山内同学，你只是为了保护自己而想除掉绫小路同学的吧？"

"等一下！真的不是我！"

"真是看不下去了啊，现在教室里的所有人可都已经确信这是你的所作所为了。堀北，那你就说说吧，他为什么要瞄准绫小路 boy?"

堀北点了点头。

"因为山内同学在背地里和坂柳同学私通，行动是在她的指示下展开的。"

山内的秘密被暴露在了众人面前。

"居然有这种事，和 A 班学生勾结可不是什么好事。"

高圆寺咬住山内不放，其中也是有理由的。

他自身也是退学候补，所以才应和堀北以帮助自己脱离危险，找出不被班级需要的学生，从而进行班级审判。

就算山内在这次的考核中没有和坂柳合伙攻击某个特定学生，他是班里最不被需要的学生这一点也不会发生改变，结局也是相似的。

但可以说多亏他接受了坂柳的提议，这给攻略他的过程省下了好多步骤。

"喂春树，你和小柳勾结，是什么意思……"

山内是主谋的事情瞒不住了，和 A 班有联系的事情现在也被暴露了出来。

这下连池也坐不住了。

"一……一派胡言！证据在哪儿啊！"

"那你现在能立刻把手机给我看看吗？里面应该有坂柳同学的联系方式。"

"这……我们是朋友，有联系方式又不是什么奇怪的事情！"

二人如果真的是朋友关系，这确实没有什么不可思议的。

可最近，坂柳当着池等人的面与山内接触的事情，对他们来说还记忆犹新。

堀北也是为了唤起他们的记忆才这么说的吧。

"你真的和小柳私通？"

来自最好的朋友池的质问，话里还带着些许的鄙视。

"都……都说过了……而且，我为什么要和 A 班的人勾结在一起啊？我怎么可能背叛大家呢！我真没做过！快饶了我吧！"

山内抱着头，装出一副受害者的模样。

"不，你背叛同班同学，在坂柳的指示下将目标瞄准绫小路，她那么厉害，也能给你传授逼绫小路同学退学的好方法。"

"不，不是不是不是！"

"说不定除此之外，还有其他让你乐于听从她指示的原因呢，比如说，她答应和你交往什么的。"

"唔！"

堀北说中了。极力想隐藏的事情被揭露，山内更加动摇了。

这个部分应该完全是堀北的推理，但从山内的反应

便可看出这一推理的正确性。

"我无法因为如此无聊的事情使得比你优秀得多的同学退学，这就是我指定你为退学者最大的理由。"

堀北面向全班同学说道，而不是对着山内一个人。

"谁都不希望班里的伙伴减少，但若是背叛同班同学、勾结敌人，对自己的伙伴下手……那么你就是那个班里不需要的人。"

"这……这……"

山内绞尽脑汁想办法扭转自己目前的险恶状况。

"就算……就算你刚刚说的是真的……为什么只有我被指责啊，不管在哪个班里，保护自己的行为都应当是正当防卫不是吗？谁都不想退学！"

"原来如此，你想说保护自己没有什么不对，是吧？"

虽然是个烂借口，但山内无论如何都不愿意承认自己的错误。

"保护自己固然重要，可是，为了保护自己而陷害伙伴，甚至向敌人出卖灵魂的学生，我决不认可！"

不管山内说什么，堀北都不接受。

"是因为你和绫小路关系好，你才这么维护他！"

"不是的，这是我客观冷静思考后的结果，绫小路同学和山内同学的起点是一样的，但对班级的贡献差异明显。更何况，你还和 A 班有牵扯，那就更不用说了。"

"没错，我觉得应该采用堀北 girl 的提案哦，确实不能和有可能背叛班级的同学一起学习生活下去，我们一起支持她吧。"

高圆寺率先对堀北的提案表示支持。

"等等！我没有背叛！我发毒誓！"

山内搭上性命来扯谎，这已经是他最后的挣扎。

谁也不知道在场的同学听进去了多少。

"话说回来，如果是我做的，我为什么要选绫小路啊！"

"什么意思？"

"如果我真的和小柳勾结，就不会让绫小路退学，不应该选择除掉 C 班里优秀的学生吗？"

这恐怕是坂柳和他说件事时，山内自己也觉得奇怪的地方吧。为什么不选择平田和轻井泽这种班级中心人物，而是绫小路？

"答案在于他是个不起眼的小人物，就算坂柳想让优秀的学生退学，也并非那么简单就能实现，所以才选了存在感低的绫小路。坂柳真正想要的恐怕不是让 C 班的人退学，而是一个能供自己操控的间谍。"

坂柳花言巧语的攻势，山内这种程度的小角色是抵抗不了的。

"大概也有人不认可我说的话吧，那么，想写我名字的人就写吧，想写山内名字的、绫小路名字的，还有其他人名字的都请便，我就是觉得我应该把自己的意见告诉大家，所以才在这里说这一番话的，请大家深思熟虑过后再作出判断。"

这是一场由堀北发起的奋不顾身的战斗。

它会不会有效果呢？

这时，须藤说话了。

"等一下啊，铃音……我知道事情的来龙去脉了，春树也确实做错了。"

他的表情阴郁，这是来自时刻听从堀北指示的须藤竭力的抵抗。

"但我反对让春树退学。"

"因为他是你的朋友对吧？我知道他在你心中的地位。"

堀北十分理解须藤为什么会这么维护山内。

不过，须藤也不是一个轻易妥协的人。

"因为是朋友所以才不能抛弃他，他联合A班确实是件很过分的事情……可也没必要因此让他退学吧，让他好好反省，以后和我们一起为班级做贡献不就行了嘛。"

"这么说的话，什么都没有做错的绫小路同学就更没有退学的必要了。"

"这……这个……"

"须藤同学，我们现在讨论的不是这个问题。"

堀北深呼一口气，鼓起自己所积攒的勇气。

她已经做好了被全班同学讨厌的心理准备，直面这场战斗。

"包庇一个人也就意味着要抛弃另一个人，所以，这场考核不能讲感情，只能讲道理，只能用理智来做判断。"

"……"

须藤沉默了。

他想帮山内的心情大家都懂。

可是，为此必须用另一个人的退学来换。

合伙控制票数这种行为就是错误的。

直到考核前一天，大家都是随心所欲、自顾自地行动，脑中全是负面思考，想着应该让谁退学，别人退学和自己无关。

正因为这样才能感同身受，深刻认识到自己是个只想着得救，无法为班级做贡献的人。如果在通知考核的当天，像这样告诉大家，恐怕也不会有这么大的震慑作用，因为考核没有真正迫在眉睫，就算堀北说再多也无用。但是，现在大家应该都知道了，带头让同班同学退学是件多么困难而且恐怖的事情。

"抱歉，春树……我无能为力……"

说实话，我被须藤的成长惊呆了，虽然还残留着容易受人挑拨、容易发怒的一面，但他的视野正在逐渐扩大。

就算对象是与堀北关系比较近的我和好朋友山内，他也能做出冷静判断。

"看来事情已成定局了呢。"

在高圆寺等旁观者就要做出裁决的时候。

"等等，等一下，等一下！"

山内大喊着阻止众人。

"把否决票投给我太愚蠢啦！"

"我已经想好了，除了你以外没有人更适合这张否决票。"

"你就算了！但是我和大家都约好了！要把否决票投给绫小路！"

"我撤回……"

"啊？"

低着头的栉田小声开口道。

"是我错了……只想着帮山内同学，没有搞清楚情况，我撤回之前拜托大家帮忙的事情……"

栉田为了守住自己的地位，现在只能站到堀北那一边。

"等等，怎么能这样！这也太过分了吧！！"

"过分的明明是你……居然……这样……背叛自己的同学……"

山内已经完全成了孤家寡人。

他应该明白，现在自己是众矢之的。

"你是这个班里实力最差的人，甚至还背叛自己的伙伴。"

堀北静静地陈述道，话里不带一丝感情。

"以上就是我的想法。"

她想以此收尾。

认为已经不会再有人提出异议了。

"大家是怎么想的？我最后想再听一下大家的意见。"

可是……

"堀北同学，请等一下。"

"……怎么了？"

一名男生举手，他站了起来。

在场的所有人里面，唯一有可能超出堀北预料的就是平田洋介了。

"虽然我没有打断你，从头到尾听到了现在，但是，我反对你这种诱导投票的做法，伙伴之间这么互相伤害是不对的。"

他不像须藤那样感性，却又不像堀北那样理性。

这是苦于寻求解答而不得的平田的挣扎。

"除此之外别无他法，这次的考核不存在其他出路，必须牺牲班里的一个人，就是这么残酷，你还没有接受这个现实？"

"怎么可能接受呢？我……我不希望班里少一个人，如果是自己想退学，那我无话可说，可无论是山内还是绫小路同学，都并非自己想退学。"

"不是自己想退学？正常人都不想退学，好吧，那我就问一个很蠢的问题，班里有没有自己想退学的人，能不能举一下手？如果这样就能解决问题，我们就没有必要在这里吵了，大家一起把否决票投给那个人就完了。"

没有一个人举手。说来，如果真有那样的学生，估计早就被列为退学候选人了。

"你现在明白了？"

"不，我绝不会认可这种恶劣行为。"

他是完美的优等生、文武双全的大善人。

但他的缺点也因此暴露了出来。

那就是，在迫切需要做出取舍的时候，他会举棋不定。

"不管你怎么想，我会用我自己的方法来战斗，今天，就在这里，做出抉择。"

"这种形式的举手表决没有意义，无法确定当天谁会给谁投票。"

"不，确定好班级的整体方向也很重要。"

"不能这么做，所有人……所有人联合起来让一个人退学，这种事情……"

平田担心这会成为纷争的导火索。

因为会暴露谁讨厌谁这种阴暗的事情。

"那大家表达一下意见吧。"

堀北无视平田，让大家举手表决。

已经没有人能够阻止堀北了。

就在大家要做判断的时候。

"堀北同学！"

哐！清脆的声音响彻教室。

谁能想到会发生这种事情呢？

平田一脚踢飞桌子。

"怎么回事？咦，平……平田同学？"

有女生发出震惊的声音。

我也同样惊讶。

希望眼前的这一幕只是他的脚不小心碰到桌子，不小心使了太大的力气所造成的。

茶柱也一样。

过于意外，谁也不敢相信这是平田所为。

"能不能别这么做，堀北同学？"

他的声音低沉，听起来像要让对方恐惧而做出让步。

"……你要我别做什么？"

堀北撩了撩刘海掩饰自己的动摇，然后反问平田。

"我叫你不要再让大家举手表决了。"

"你没有这个权利……"

虽然说的话很硬气，但堀北的声音忍不住轻颤。

现在的平田就有着这么大的威慑力。

"这种讨论是错误的。"

"如果连这种讨论都不对，那你说说，到底怎么做才是正确的？你就是因为不知道，才一直什么都没有做对吧？"

"……所以呢？"

"……所以说你错了，你的评价是片面的。"

"别说了……"

"不，我要说，我……"

"堀北……你能不能给我闭嘴？"

平田冷言打断了堀北。

这是平田说过的语气最重、最冷漠的一句话，听到这里，堀北停了下来。

仿佛空气都凝结了一般。

"所有人都给我听好了！"

平田就像换了个人一样，对同班同学发号施令。

"刚刚说的事情是真是假都无所谓。"

"……是假的、假的啊，平田！我是受害者！"

被堀北压得一句话都说不出来的山内不顾一切地大叫起来。

"受害者?"

"呃……"

平田看向山内,那眼神就像能把他看穿,看清楚他内心深处所想的东西。

"事已至此,你不可能是无辜的吧。"

"那个,所以……"

"你们那副推伙伴下地狱还事不关己的样子,让我觉得恶心。"

他的愤怒并非只指向山内一个人,而是全班同学。

"这就是考核的残酷,不直面这个问题是不行的。"

"所以,操控票数这个行为是错误的。"

"明天就要参加考核了,不制订对策就这么参加考核的话,就是默认了山内同学的背叛啊。"

"没有对策又怎么样?我们没有裁决同班同学的权利。"

"你在说什么?这次特别考核的要求就是这个啊?现在大部分同学也希望这样。"

这是站立在讲台之上、接受着同学们注视的堀北眼中所看到的。

可平田不愿意承认。

"……是不是不该让你继续留在这个班里？"

他低沉的声音在教室里回荡。

现在我的大脑还在拒绝将这么没有感情的声音和平田联系在一起。

"这次的考核确实过于无情，我一直不能接受，但是，我唯一能够默认的就是自然状态下进行的投票，决不能这样诱导，以至互相残杀。"

"你嘴上说得好听，实际上班里的大部分人早就悄悄合起伙来，反复讨论过要除掉谁、留住谁了，只不过最终矛头指向了绫小路同学而已。"

"嗯，那种行为也极其恶劣，可还是和你这样露骨地诱导所有人的行为不一样。"

"是一样的，没有任何差别，你如果要粉饰自己的伪善就也应该制止那种行为。"

在这两个人的对话里谁也插不上嘴。

也就是堀北能和这样自暴自弃状态下的平田对话。

"而且就算现在不进行举手表决，我的想法也已经表达完了，你所希望的自然状态下的投票根本不可能实现。"

"是啊……话已经说出去了，已经无法改变了。"

平田顿了一下，然后又接着要往下说。

虽然稍微平静了些，但还是那副冷漠的样子。

"所以，我明天会写堀北同学你的名字，我无法容忍你对这个班的所作所为。"

平田自知其中矛盾重重，可他还是将班级内部的友好与和睦放在了首位，所以才身处痛苦之中。

"嗯，随你的便。"

堀北沉着应战，没有表现出一点不满。

目睹了二人冲突全过程的茶柱静静地走向讲台。

"结束了吗，堀北？"

"嗯。"

堀北给茶柱让出地方，回到自己的座位。

课程早已结束，老师本不会再出场。

但是茶柱故意踏入了学生的领域。

"你们或许会说这场考核不合理，在背地里咒骂学校，但是进入社会以后，有时必须舍弃某个人，还要面对上司的责罚。在这所学校里读书的学生，都在被朝着国家栋梁的方向培养，若你们觉得这场考核只是学校在自讨无趣，就永远得不到成长。"

在社会上，拉后腿的人一定会被除掉。

其中也会有之前发生过的背地交易和污言秽语的诱导。

这场特别考核中确实有着能够让人成长的东西，可是，这里的大部分学生是身心都未成熟的孩子，强行让他们做出判断绝不是一件容易的事情。也有可能有学生因为这场考核而内心受到伤害。

"我不打算对今天的讨论内容做任何评价，但我认为你们的发言是有价值的，大家要在此基础上好好思考后再进行投票。"

旁听了整场讨论的茶柱留下这句话后就离开了教室。

退学者到底是我还是山内、堀北还是平田，或者是其他学生？

谁也不知道明天的投票战里谁会写谁的名字，也就是说，在下笔之前任何答案都有可能发生变化，而且谁也无法对此进行指摘。

这场特别考核就是这样。

4

放学后，波瑠加他们立刻来找我。

而堀北还有山内早早离开了教室。

"现在有时间吧？"

"嗯？有。"

我其实想去和平田说几句话……

平田一个人静静站在自己的座位处，没有流露出任何的感情。

但既然成员们来找我说话了，就不能把他们晾在一旁。

"去咖啡厅吧。"

186

我接受邀请，和他们一起离开了教室。

在走出教室之前，我没有看到一个人去打扰平田。

"我们这样没关系吗？说不定会被山内的队伍攻击。"

"那样更好，我绝不会让我们团队里的人退学。"

波瑠加和平时不同，现在的她有些愤怒。

"没错，清隆没理由退学。"

启诚对波瑠加的想法表示赞同，明人和爱里也狠狠点头。

"我之前还觉得有点奇怪，我们居然没有收集到任何信息，原来是我们这里有人被盯上了，那就说得通了。"

之前怎么查都查不到目标人物的影子。

知道了其中缘由的启诚恍然大悟。

到达咖啡店，待各自点的饮品都上来了以后，波瑠加率先开口了：

"我觉得我们可以投一张否决票给山内同学，甚至可以说我们应该这么做。"

"我没意见，那另外两张该投给谁？"

"从现在还支持山内的人里面选不就好了？"

"知道了他和坂柳有联系以后，不会再有人公开支持他了吧？连池和须藤都不好意思在大家面前开口说要帮他了。"

"但是我觉得他们会看在朋友的情分上把赞赏票投

给他。"

波瑠加说得应该没错。

虽说是背叛，但说到底山内也只是为了保身。

换个角度来看，也可以说是他被坂柳利用了，并非没有同情的余地。

但是，怎么说呢，让大家对山内产生厌恶的是堀北……不对，其实是我。

山内是主谋，他的背后还站着坂柳。

我把这一事实告诉堀北哥哥，让他告诉他妹妹。

万一对方没能行动，大不了就由我来直接做这件事情。

"实际会有多少人把否决票投给清隆呢？男生里面以山内为首，池、须藤，还有和山内关系好的本堂、伊集院、宫本、外村等人可能性比较高。"

男生里面就有七张否决票。

"那女生呢？"

"堀北同学肯定会给绫小路同学投赞赏票，给山内同学投否决票，但其他女生会怎么做我就不知道了……爱里你呢？"

"……我觉得佐藤和轻井泽同学大概不会给绫小路同学投否决票……"

"为什么？"

"就是这么觉得，没什么特别的理由……"

"是女生的第六感吧。"

"这可靠不住。"

启诚不打算把这个算进去。

"也不能这么说，我就觉得有可能，因为这不是别人，是爱里说的。"

"什么意思？爱里说的怎么了？佐藤还情有可原，轻井泽就不一定了吧。"

启诚搞不清楚。

"没事没事，总之就是可以排除掉那两个人。"

"这么随便的嘛……"

"可是吧，就算排除掉了三个人，还是不知道其他大部分人会怎么做啊。"

"是啊，不过，讨厌山内同学的女生也挺多的，就算好好遵守了约定，把否决票投给阿隆，也同样会在其他否决票上写山内同学名字的吧。"

"从心理学角度来看的话是这样，对于想得救的学生来说，只要将退学可能性高的学生名字写上去，那自己就会安全。恐怕清隆和山内的票数会领先，剩下的那一张否决票会分散开。"

启诚解释了一下。

高圆寺本来也会是否决票大户，但相比起来程度还是要弱一些，把否决票投给他也就意味着要忽视他的实力，更何况还有好几个拉后腿的学生，所以高圆寺估计会退到第四或第五候选人的位置。

"清隆同学肯定没事。"

"嗯，谢谢。"

爱里应该还是担心有人会把剩下的那一张否决票投给她。

但她没有表现出来，反而鼓励我：

"不过，阿隆你自己反倒是最淡定的那一个。"

"我只是束手无策而已，实际上心里特别不安。"

"别担心，多亏了堀北，形势在向好的方向发展，甚至可以说已经没事了。"

如果没有堀北的那一番话，班里大部分的学生都会被蒙在鼓里，就这样迎来考核。

然后为了保全自己，稀里糊涂地将我的名字写上去。

这一幕不难想象。

"但是……堀北同学怎么知道山内同学背叛了我们班呀？"

这样的疑问突然浮现在了爱里的脑海里。

"我们小组是因为和清隆同学关系亲近，所以才没得到消息，这很正常，可是堀北同学的情况不也类似嘛……"

"确实啊……堀北也没有要组队的样子。"

可能山内这会儿也觉得不对劲，正怒火中烧吧，想着组织起来的队伍里到底是谁叛变了，把消息告诉了堀北。

而刚刚那个场合是没有闲工夫注意这一点的。

"虽然不知道是谁，但应该是有人不愿意让阿隆退学吧？"

"对，很有可能。"

谁都不会知道，这个人是惠，同时也是我自己。

5

回家路上。

我看到了面无表情坐在长椅上的平田。

估计谁看到他这个样子都会犹豫要不要和他打招呼。

因为，他现在的状态以前从未有过。

"他像是受到了相当大的打击呢。"

"是啊，都不像是他了。"

波瑠加和明人也立刻看出了他的异样。

"我想和他说句话。"

"还是别说了吧，清隆，现在让他一个人待着不更好吗？"

"可能吧，但是我有点在意的事情想问问他。"

"在意的事情？"

"抱歉，你们先回去吧，他应该也不希望有这么多人一起找他，万一被他讨厌了的话，我一个就够了。"

"……知道了，不过明天就是投票日了，你还是不要刺激他，谁都说不准现在的平田会将否决票投给谁。"

我点头回应明人的忠告，从队伍中脱离了出来。

所有人都没有止步，心照不宣地踏上了归途。

我在和平田搭话之前，先在远处拍下他现在这个意志消沉的样子。

然后添了句话，给惠发了过去。

"平田。"

我抓住机会立刻叫了他一声。

"绫小路同学。"

"现在有时间吗？"

"有，我也……嗯……想和你说说话来着。"

平田可能是在等我。

如果不是这样，大冷天的一直坐在这里也没什么意义。

他也并非坐在长椅中间，而是靠边的位置。

可以看作是为了给另一个人坐而特意空出来的。

我弯腰坐在了那个空位上。

"温暖的春天很快就要来了。"

"是啊。"

"我……本以为可以全班一起迎接春天，不，我的内心深处现在还这么觉得。"

即使发生了让班级几乎崩溃的事情，平田也还是这么认为。

尽管他表现出了不那么完美的一面，但内心没有发生改变。

"我不希望班里少任何一个人。"

"那你也无可奈何，可能是我、山内，也可能是其他人，总之一定会有人牺牲。"

平田的侧脸没有流露出任何感情。

"我能交给你吗?"

"把什么?"

"把 C 班的事情交给你，我希望以后你能代替我领导大家。"

"你别说胡话了，这种事我可做不来，你要是想守护班里的人，就自己来做。"

"不可能的，我已经……做不到了。"

他可能对下不了决心的自己感到失望。

但并不只有这一个原因。

"我又犯了相同的错误，那个时候明明反省了……"

他的眼睛里浮现出了悔恨的泪水。

这次的考核该让平田多烦恼啊。

"如果是你，我也能安心把一切交给你。"

呼，他吐出的气体在空中化作了白雾。

他完全没有了过去中心人物的风采，那么耀眼，令人羡慕。

"这次的特别考核，你写我、山内、堀北的名字就行。"

"你是要把判断交给其他学生吗?"

平田不需要从三个人里面选一个人出来。

这个任务交由剩下的三十九个人去做。

"你果然很厉害,绫小路同学。"

"我并不厉害。"

"我坐在这里以后,堀北同学和山内同学都分别来过了,堀北让我把票投给山内,山内又让我把票投给你,你们的主张各不相同,但只有你没有将矛头指向对手,这不是一般人能做到的。"

因为这么做才符合我的策略。

固执取得平田的一票并不是什么上策。

我只是如此判断了而已。

"能和你谈谈真是太好了,我好像懂了。"

"那就好。"

平田站了起来。

他是找到了属于自己的、战胜这场考核的方法吧。

但是,我不能认可这一方法。

"回去吧。"

他说道。我和平田没有再说话,静静地踏上了回家的路。

其他班的思考

D班，在收到考核通知后，表面上始终与平常没有什么变化。

因为班里大约九成的人想法都一样。

这一想法到了考核前一天的周五也还是没有改变。

让"龙园翔"退学。

不必说，也不用互相咨询意见，大部分的学生就已经这么打定了主意。

一直以来，龙园用独裁的方法领导全班，可结果不尽如人意，从C班跌落到了最底层的D班。

更关键的是，许多学生在暴力与恫吓的支配下苦苦挣扎，说不能说，做不能做，这是万恶的根源。有很多学生都是这么想的：如果没有龙园，就算升不到B班，也不会落到D班。

到了第三天的时候，D班的许多学生就已经统一了想法，一定要在否决票上写龙园的名字，剩下的两票就分散开，不要集中在一个人身上。这么做的话，退学的无疑是龙园。

石崎心里不希望龙园退学，但他被确立为为了除掉龙园行动的领导者，作为团队的中心，承担着收集否决票投给龙园的任务。

　　而龙园，从知晓考核的那刻起，就预料到了石崎的苦恼和班级的情感走向。

　　所以他决定放弃抵抗，就这么离开这所学校。

　　因此，他打算好好享受这段到追加考核结束为止的短暂时光。

　　也需要好好考虑一下离开这所学校后该何去何从。

　　他在下课后就立刻离开了教室。

　　伊吹目送他离开，静静思考着自己该怎样度过无聊的课外时间。

　　以前龙园经常会叫她一起，但现在没人了。

　　有人走到了伊吹面前。

　　"你也太郁郁寡欢了吧，这么不想让龙园退学？"

　　"呃……又是你？你这么喜欢来找我啊？"

　　"没有，我只是担心你而已，在龙园同学退出一线以后，你在班里的存在感是越来越弱了。"

　　来挑衅伊吹的是同班同学真锅志保，女生里的中心人物。

　　从入学的时候开始她就和伊吹互相看不对眼，矛盾不断，但后来因为伊吹受到了龙园的赏识，她也就不能随心所欲地找伊吹麻烦了。

　　也因为这件事，真锅心里极其不爽。

　　她这么做无非为了宣泄心中愤懑。

"伊吹同学，你会把否决票投给我对吧?"

"不知道。"

"你就投给我吧，反正我也会写你的名字，我们彼此彼此。"

"……啊，这样。"

听到伊吹没什么兴致的回答，真锅有些不爽。

因为她想看到更加愤怒、苦恼的伊吹。

"不过你放心，还轮不到你退学，就算有人给龙园投了赞赏票，他也还是会有三十张以上的否决票。"

真锅因为龙园不在而姿态强硬，其他大部分的学生也一样。

石崎站了起来。

明天就是追加考核了。

考核一旦开始，就再也无力回天。

"伊吹你跟我来。"

石崎出现在了气氛紧张的二人之间。

"……行。"

虽然不怎么乐意，但伊吹还是答应了石崎，打算和他一起离开教室。

只要不待在真锅身边就行。

"你装得再从容不迫也没用，等龙园退学了以后，下一个遭殃的就是你。"

真锅就像班级领导人一样，发言毫不客气。

"我们去哪儿？"

来到走廊，待看不到真锅后，伊吹问石崎。

"哪儿都不去，我就是有话想和你说，龙园大哥手里的个人点数怎么样了？"

"什么怎么样了，点数还在他自己手里。"

"你还没有收回来吗？明天可就是考核日了，他要是退学了，那些就全都没了。"

"最开始气势汹汹地说不要点数的人是谁啊？"

"那是因为……那个时候我没想过个人点数的重要性……"

"你这么想要的话，直接自己低头去问他要不就行了？"

"我不能这么做啊。"

伊吹也明白这一点，但还是想故意刁难他一下。

"在全班人眼里，你可是打败龙园的关键人物，要是你和龙园接触的事情暴露了，肯定会被怀疑吧。"

对于想阻止龙园退学的石崎来说，他希望能做点什么。

但是，这意味着石崎自己将面对退学的风险，还有自己打倒了龙园的事实也将不再成立，他做不到。

想救龙园的心情和希望自己得救的心情。

他在这一相互矛盾的状况中痛苦挣扎着。

"我……在干什么啊，混蛋……"

"让龙园退学最好不是吗？你也明白的吧。"

"这样真的可以吗？你觉得没了龙园大哥，我们以后能赢？"

"他明明没有做出什么成绩来，你还把他捧得这么高？他的行为让人难以理解，未来能有什么希望？"

"这确实是场博弈，可少了他，A 班就更是遥不可及的梦想了。"

坂柳的 A 班综合能力强，连龙园也不敢小瞧。

一之濑的 B 班团结一致，成绩稳定。

还有兼备无尽实力和智慧的绫小路所在的 C 班。

班级实力差距明显。

石崎的心里有着这样一个坚定的想法。

要和这些怪物斗智斗勇，那么自己班也必须有一个怪物。

龙园翔不该在这个时候离开。

"我承认龙园不是一般人。"

伊吹也有自己的心思。

尽管龙园败给了绫小路，但不可思议的是他在自己心中的评价居然没有受到影响。

龙园拥有坂柳和一之濑所没有的东西。

这是连绫小路都做不到的不是吗？

她心里有着这样的想法。

"混蛋……"

石崎变得焦躁不安。

伊吹一边斜眼看着石崎，一边思考。

思考自己能在这场考核里做什么。

石崎是个没什么想法的人，即便如此，还在拼命想办法改变这场考核的结果。

而自己对龙园坐视不管，只想着自己得救。

对了，伊吹的处境也不比石崎轻松。

她明白自己在班里无疑是被讨厌的存在。

若龙园消失了，矛头下一个指向的就是自己。

真锅所言并不单纯是挑衅。

可就算是这样，只要乖乖地什么也不做，这次就不会有自己什么事。

还是说，接下来可能会有什么其他的出路？

这是伊吹最大的束缚。

她想起了"那个男生"说的话。

"这场考核没有那么简单，不是想救谁就能救谁的。"

"那个男生"懂得伊吹的心和思考方法。

所以从来没有将伊吹放在眼里。

"石崎。"

"怎么了……"

"你不希望龙园退学，是真心的吧？"

"……嗯，没掺一点假。"

"好。"

绝不可能有人比龙园的否决票还多。

"我虽然不想承认，但我的心情和你是一样的，你记住这一点，就算以后我会步龙园的后尘。"

待龙园消失后，下一个被舍弃的就会是伊吹。

她再次认清了这一现实。

"我今天晚上就去找龙园回收个人点数，估计能这么做的只有我了。"

为了D班，要将点数留下来发挥作用。

成为继续龙园未完成事业的资源。

"还是只有这么一条路啊……"

"我们能做的就只有这个了吧。"

伊吹下定了决心。

要从龙园手里收回剩下的所有点数。

如果这些点数能帮到D班，那就是必须回收的"财产"。

1

深夜，伊吹未经同意就直接造访了龙园的房间。

清脆的敲门声在寒冷的走廊上轻声回荡。

等待了一会儿后，门开了。

"是你啊。"

"……你在干什么?"

龙园上半身赤裸,下半身只围了一条浴巾。

"害怕了?"

"如果有什么的话,我就立刻踢得你找不着北,然后再回房间。"

"哈哈,我只是刚洗完澡,进来吧。"

他头发确实还是湿的,刚洗完澡是事实。

伊吹一边警惕着龙园,一边走进了房间。

这一年里还是头一次。

房间里陈列着许多小物件,和那个男生的房间给人的感觉完全不一样。

"你应该不是为了在退学前和我共度春宵才来的吧?"

伊吹不打算和龙园没完没了地耍贫嘴,直接道出了此行目的。

"你持有的个人点数,全部给我。"

"啊?你不是之前说不要吗?"

龙园拿浴巾擦着头发,从冰箱里拿了瓶水出来。

然而并不是给伊吹的,他打开瓶盖将水灌进了自己的喉咙。

"你已经没有活路了,拿着这些钱也没有用。"

"是啊,就这样退学了的话,钱也会全部消失。"

和 A 班的秘密契约也将作废,没有给 D 班留下任何好处。

"所以把钱给我，我会让它发挥作用。"

"脸皮真厚啊。"

"这也是你的夙愿吧，如果你不打算把它给别人的话，最后就该把钱全花了，可你没有这么做，所以我才说要你把它给我。"

龙园这些日子都很老实。

很明显，他最多只用了几百或几千点。

"哈哈，你说得很对，好，那就给你吧，反正也是没用的钱。"

龙园站在伊吹面前，笑出了声。

然后拿起手机进行操作。

很快，龙园所持有的全部财产就都转到了伊吹的手机上。

"好了，这下你的任务就完成了，龙园。"

在伊吹正要将手机收起来的时候，龙园抓住她的手腕。

将她按到了墙边。

"你要干什么?！"

伊吹瞬间出腿进攻，但被龙园单手就控制住了。

"你好战的性格真让人讨厌不起来。"

"什么?！"

伊吹以为对方要做什么，立刻露出敌意，但龙园笑着松开了手。

这是龙园式的最终道别。

"你虽然挺厉害的，但就我看来，你漏洞也多，这样的话赢不了铃音。"

"不用你管。"

"再见，伊吹。"

龙园就像已经失去了兴趣，不再看向伊吹。

然后又作势将她赶到了玄关。

在她穿鞋的间隙，短暂的沉默在两人之间蔓延。

"你待在这所学校里开心吗？"

伊吹背对着龙园问道。

"啊？"

"没事。"

看龙园平时的样子就知道答案是什么。

龙园并不满足于现状。

而现在他就要带着这种不满足静悄悄地离开。

伊吹起身，打开门，冷风立刻吹了进来。

"再见。"

伊吹留下这句话，把门关上。

无人的深夜走廊。

手机屏幕上显示着巨额的数字。

心情却变得无比空虚，她关闭点数页面。

迈步在走廊，给一个人打电话。

对方或许已经入睡了。

她本打算留个言就挂断电话。

可电话才响了两声就被接起了。

"是我，已经将龙园的点数全部回收了。"

把情况报告给那个人，她的任务也就完成了。

可是那个男生在电话里表示有事情想见面直接说。

"好吧……"

反正已经出来了。

伊吹答应了，她决定前往那个男生的房间。

2

同样是追加考核的前一日，周五。

B班学生在放学后依旧留在教室里。

站在讲台上的并非班主任星之宫，而是一之濑帆波。

"谢谢大家的配合，我对大家答应我个人任性请求一事表示最真诚的感谢。"

在通知了追加考核之后，一之濑向班里同学传达了这样一件事情。

希望大家能够和往常一样和和睦睦，一直到考核前一天的放学之前。

仅此而已。

并没有就详细的战略部署进行说明。

就算大家互相残杀也不会有成效。

因为在这场考核中必将出现退学者。

会不安也很正常，可 B 班的学生都坚守了这一点。

听从了一之濑的指示。

经过这一年，大家都知道她这是为了 B 班好。

作为老师和班主任的星之宫在听了一之濑的话后，感受到了一丝不安，她也觉得这场考核颇为荒谬，对成长之路坎坷跌宕的 B 班的歉意愈发强烈。B 班正是因为没有出现退学者，能够团结一致，才强大且闪耀，若这次有人退学，无疑会给班里罩上一层阴霾。

"让大家担心了，但我也希望大家能够放心，我们班里不会出现退学者。"

每个人的瞳孔深处都藏着一抹不安，但一之濑说得很肯定。

这是好消息，但也让人心生疑惑。

"没关系吗？一之濑，说得这么斩钉截铁。"

如果是为了安慰同学们而编造的谎言，那现在这个时候还是不说为妙不是吗？

这是来自神崎的担忧。

"没事的，一之濑，我们早就做好心理准备了。"

柴田表示就算没有想好对策，大家也不会责怪一之濑。

但是一之濑再次重复。

"没关系的，神崎同学你和我说过的吧，有能力却不用，这是蠢人才做的事，所以我想好了。"

确信这里的所有人都不会退学。

"……那你就告诉我们吧，如何防止退学者的出现。"

如果拿不出对策来，那这就只是一之濑的幻想。

"这次的追加考核，能让所有人都留下来就只有一个方法对吧？"

"嗯，只有拿出两千万点抵消掉退学惩罚这一个方法。"

"所以我希望大家能把手头上现有的个人点数都交给我，这会使大家一直到四月都没有点数用，但所有人都能够因此而得救。"

"可是就算这样也凑不到两千万点吧？"

柴田看了一圈班里同学，这样说道。

这个问题已经讨论过很多次了，但巧妇难为无米之炊。

少了几百万点，而且也实在凑不到。

"可以的，既然小波都这么说了，那我们把自己的点数交上去就行了。"

女生们没有再细问，立刻开始把点数转给一之濑。

每个月都这么操作，已经转顺手了。

"好吧，也是。"

　　柴田也立刻接受了这一想法，开始操作手机。

　　全班所有人的点数很快就都被托付给了深受同学们信任的一之濑。

　　手机上显示的总额差一点就能到一千六百万。

　　"嗯，果然和我计算的差不多，还差四百万左右。"

　　"你打算怎么补足这些点数？这么多钱，其他班和其他年级恐怕不会借给我们。"

　　神崎沉着冷静，一边转点数，一边询问一之濑。

　　她在和南云借点数的时候保证了不会告诉别人。

　　可是都到了这一步，她不能再向伙伴隐瞒此事。

　　所以，一之濑从南云那里得到许可，可以在考核前一天，也就是现在，告诉大家除交往条件以外的东西了。

　　"是南云会长，我和他说了这件事以后，他同意帮我们补上不够的部分。"

　　"学生会会长？他能拿出这么多钱吗？"

　　"是的，他还给我看了他所持有的点数。"

　　证明了南云确实拥有如此数额的点数。

　　"之后肯定是要还的。"

　　"归还计划以及支付给南云会长的利息怎么算？"

　　"这会影响到结果吗？"

　　"不，不会影响到结果，利息再高也没有留住伙伴重要。"

　　神崎也同意一之濑的对策。

但他认为，掌握其中详细信息是一件很有必要的事情。

询问其他学生不好问出口的问题是他的任务。

一之濑也对此十分感激。

他是重要的搭档，能够代替其他学生陈述想法。

"还账周期为三个月，没有利息。"

"归还借来的数额即可啊……"

现在状况如此紧急，要求百分之几十的利息也不为过。

能无利息借钱给 B 班的南云会长无异于是救世主般的存在。

"就是会暂时给大家带来不便……这样也没关系吗？"

"厉害……不愧是一之濑同学！我完全赞成。"

班里没有一个人表现出不满。

因此，决不能出现退学者。

这就是一之濑帆波的精神准备，她想要保护所有伙伴。

3

这天夜里，一之濑给南云打了电话。

就明天的考核进行最终的确认。

"南云学长，我是一之濑。"

"帆波啊，给我打电话是为了那件事？"

"嗯，我今天把事情告诉了 B 班所有人，所以，想再向学长确认一下。"

"我出的条件不会改变哦，回收班里所有人的点数，一分都不许剩下，尽可能多地将点数聚拢在一起，我不会允许有人不出钱不出力。"

"是的，我也同意。"

自己留下零花钱，再从南云那里借钱，哪能这么随便。

这是南云提出的条件之一。

他拥有将近一千万的个人点数。

但很明显，他不可能将所有钱都借出去，尽可能地减少所需金额，不用说，这必然是一之濑的任务。

"缺多少?"

"四百一十四万三千零一十九点。"

"这样啊，这个数字的话，我也还能接受，不过就算这样，我还是免不了会在接下来的考核中承担相当大的风险。"

"嗯……"

南云承担的责任很大。

假设下次考核中南云的班里出现了退学者，他也会选择凑钱吧。

到那时，这借出来的四百万点可能至关重要。

一之濑深知他把这笔钱借给自己有多值得感恩。

"真的不好意思，因为我任性的请求将这么多钱借给我。"

"没事，不抛弃每一个人是你的作战风格，但有一点，你还记得我借给你点数的条件吧？"

"……记得，我……和南云学长交往的事情对吧？"

"嗯，接受这个条件的话，我可以立刻把点数转给你。"

"……最后期限是今晚十二点吧。"

"还在犹豫？你最不愿意看到的就是班里出现牺牲者吧？"

"当然，不过我还是觉得有点不安。"

"不安？"

一之濑难以启齿，但还是努力开口道：

"学长，是……是喜欢我吗？"

"什么？"

"啊，不，抱歉，问了这么没礼貌的事情……可我觉得交往这种事情得有那种感情才能够成立……"

"我如果讨厌你的话，就不会提出这样的条件。"

南云毫不犹豫地回答。

一之濑为这一回答感到开心，但还是难掩心中的不安。

"没有异议的话我现在就把点数转给你。"

"等一下，我……想努力到最后一刻。"

"那你这几天干什么去了？"

时间一分一秒地流逝，越来越接近与南云约定的期限。

"从其他二年级和三年级学生那里是借不到的吧？作为敌人的一年级学生就更不用说了。"

除了南云，没有人出得起这四百多万点。

南云自己也明白这一点。

但他没有逼一之濑立刻做决定。

因为他知道就算给她再多的时间，她最终还是会来求自己。

"注意着点，我对时间是很严格的。"

"嗯，我之后一定会联系您。"

挂断电话，一之濑长叹了一口气。

然后靠在了墙上。

保护同班同学，被一之濑摆在了最优先的位置上。

既然南云能够帮忙，自己就应该接受那个条件。

可一之濑还没有谈过恋爱。

以这种形式和一个人开始交往实在不正常。

更重要的是……内心有个声音告诉自己这是错误的。

交往的前提必须是两个人互相喜欢。

只出于一方意愿的话没有意义。

可是一旦同意交往，自己说不出分手这种话。

"呼……我明明已经下定决心了……"

现在已经晚上九点了。

一之濑必须在三个小时内得出答案。

她心情沉重地叹息。

只要勉强自己，班里同学就能获救。

如果这是最好、同时也是唯一的方法……

尽管如此，她还是拖到了最后的最后。

好像只要接受了这个条件，自己就不再是自己了。

她有这种悲伤的预感。

"没用，我真是没用。"

为什么都到这个时候了，还要再三地改变自己的想法？

若不和南云做这个交易，班里就会有人退学。

"……别想了！"

轻拍双颊。

"我要……保护所有人。"

一之濑下定决心，嘴角露出了微笑。

4

在一之濑决定接受南云条件的几天之前。

我们将时间追溯到通知要进行追加考核的那天。

和其他班级不一样，对于 A 班来说，这场追加考核是件受欢迎的事情。

　　因为他们比其他任何一个班级都要更早地得出了确切的结论。

　　"接下来就由你们自己讨论，在考核当天做出选择。"

　　班主任真岛的考核说明结束。

　　将剩下的时间交给学生，坂柳没有站起来，坐着开口道：

　　"这次的考核，希望葛城同学能够退出。"

　　坂柳直接指名道姓。

　　葛城闭着眼睛，架起胳膊，一动不动。

　　"什么意思啊你？这么做太卑鄙了吧！"

　　只有仰慕葛城的户冢弥彦对这一意见表示不满。

　　"别说了，弥彦。"

　　但葛城制止了他。

　　"可……可是，葛城大哥！"

　　"我打算接受。"

　　"看来你没有异议呢，应该说也没有什么提出异议的理由了吧。"

　　A班已经有一大半的人加入了坂柳的阵营，确实有一部分学生表示不满，可也没有强大到可以举旗造反的地步。

　　为了自己能够安全顺利毕业而选择了追随坂柳。

　　只有弥彦对葛城崇拜不已，因而想反抗。

　　葛城自然清楚这是没有意义的事情。

"那就举手表决，觉得这场特别考核应该让葛城同学做出牺牲并退学的人请举手。"

班里的学生齐齐举起了手。

除了户冢、葛城还有坂柳之外的三十七个人全部同意。

真岛好像预见了会发生这种情况，静静地看向了窗外。

"那么有关这场考核的话题就结束了。"

"这样可以吗？就这么决定了？"

"可以的，弥彦。"

户冢直到最后都不接受，可葛城没有反驳坂柳一句话。

"我所缔结的契约目前还在生效，正因为如此，A班白白流失了许多个人点数到D班的龙园那里，我要承担这一责任。"

"但……但是我们不是得到了班级点数吗？我们没有吃亏！而且D班或许会选择龙园作为退学者，这样的话就算葛城大哥不退，契约也会作废的！"

户冢极力辩解。

"坂柳你不要以为自己是这个班的领导人就可以为所欲为。"

"够了，弥彦！"

葛城再次制止了一个人闹得起劲的户冢。

语气比刚刚还要严肃。

"葛城大哥……"

在这种情况下，当事人应该是最痛苦难受的，但他还是在强装冷静。

被葛城的态度所感动，户冢耷拉着脑袋重新坐下。

"继续说下去也可以哦，还挺有意思的。"

"不用了，我对退学没有异议。"

"既然如此，那就遵循葛城同学的意见，就这么做吧。"

讨论了五分钟不到，A 班就已经得出了此次追加考核的结论。

就好像没有这回事一般，A 班的状态和往常如出一辙。

葛城起身，为了独处来到走廊。

户冢自然也跟了过去。

"葛城大哥，你真的愿意退学吗？"

"……这是没有办法的事，在这次考核中，班里有权力的学生具有压倒性的优势，我再挣扎也敌不过坂柳阵营的人投来的否决票。"

"可……可是，应该也有学生对坂柳不满，将这些人聚集起来……"

"一直以来，你也帮了我好几次，谢谢。"

"葛城大哥……"

"在我退学以后，你就跟着坂柳，若贸然和她作对，下次要除掉的就是你，弥彦。"

正因为明白这一点，葛城才制止了坂柳和户冢的冲突。

"这是我最后的指示。"

"……唔！"

户冢的表情因悔恨而扭曲，他只得拼命点头。

5

在这天放学后。

"我们回去吧，真澄同学。"

"……好。"

坂柳向神室搭话，站了起来。

"榉树城咖啡店好像出了新品，我们要不要去喝？"

这周末就会有同班同学退学。

而且还是自己一手促成的，但坂柳还是平常那个样子。

"你啊……"

"怎么了？"

"……没事。"

就算问她也没用，神室改变了自己的想法。

坂柳的判断冷静而透彻，却也不近人情。

因为神室知道自己也是这类人，所以没有去做这种

指责别人的蠢事。

一通电话打破了二人之间的沉默。

坂柳从口袋里拿出手机。

微微一笑，接通了电话。看起来很是高兴。

"你好啊，山内同学，我觉得你也应该是时候该联系我了。"

"真是好奇……"

坂柳最近经常和山内这样聊天。

接连几日互通电话，尽聊些有的没的，好不热闹。

"今天吗？嗯嗯可以哦，我们见面吧，不过这会儿和朋友有约，不太方便，之后再集合怎么样？"

很明显，这是来自山内的求爱电话。

"我现在在路上，过会儿再联系你。"

坂柳数秒内就结束了通话。

"晚上要见山内同学。"

"你好像和山内联系很是密切，是有什么打算？"

"因为他引起了我的注意。"

"引起注意，是喜欢的意思？"

"我喜欢上他是件奇怪的事情吗？"

神室的脑海中浮现出山内的样子，然后立刻点头。

"是在开玩笑吧？"

"嗯，是玩笑。"

"喂……"

"我正在调教他，或许他能成为 C 班内部的间谍，为我所用。"

"调教……没那么简单吧？"

"他的话就说不准了，反正现在有场有意思的考核，就拿他当个试验品吧。"

对待神室，坂柳的话里一半是真，一半为假。

虽然把她带在身边，但也并不能完全信任，所以该隐瞒的事情就不会说。

"今天和我一起见他吧，或许你能明白我的用意。"

想到接下来会发生的事情，坂柳露出了愉悦的笑容。

6

夜晚。

坂柳和神室在榉树城与山内会合。

为了掩人耳目，地点选在了卡拉 OK 的包厢。

"那个……小室今天也在啊。"

"抱歉，只有我们两个人的话还是有点害羞……"

"没……没事的，我一点也不在意，能见到你我就已经很幸福了！"

山内挤出笑脸，不希望被讨厌。

实际上他希望获得两人独处的机会，然后趁机表白。

他想和坂柳成为正式的情侣，所以一直憋着。

220

"山内同学，这次的追加考核，你没事吗？"

"咦？"

"没事就好，只是……"

她故意停顿了一下。

"如果山内同学退学了，我们就不能再这样见面了，我……不想。"

她做作的姿态让人想吐，但神室并没有表现在脸上。

这不过是坂柳的游戏。

不能当真。

"我……我也不想！"

"我们的心意是相通的呢。"

坂柳松了口气。

"你如果遇到了什么困难可以来找我商量。"

"但是……"

"我们确实是敌人，不过这次的考核就不一样了，并不存在和其他班级的竞争。"

"也是……"

"而且，说不定反过来还能帮上忙。"

"帮忙？"

山内的脑海中闪过这个词。

"比如……把我持有的赞赏票投给你。"

听到这话，山内咽了口唾沫。

他想尽可能多地获得其他班的赞赏票。

　　对于有退学危机的学生来说，赞赏票是梦寐以求的东西。

　　"你真……真的能帮我？"

　　"若有困难，我愿意助一臂之力。"

　　感受到坂柳的温柔，山内心中十分欢喜，但表面上还在强装冷静。

　　他从来没有和女孩子如此亲密交谈过，不好意思被别人看出自己没有谈过恋爱。

　　"其实……班里的人好像在嫉妒我，我担心那些家伙会把否决票投给我。"

　　"嫉妒？"

　　"因为只有我能像这样和小柳见面。"

　　"这样啊，我对其他男生没有一点兴趣。"

　　山内绝口不提自己被列为退学者候选人是因为成绩太差。

　　他想表现自己，让坂柳对自己抱有好感。

　　"懂了，那我就教给你一个摆脱现在困境的秘诀。"

　　"秘……秘诀？"

　　"是的，请在班里找出大约一半的人，劝他们加入你的队伍，然后再缩小目标，一起将班里的某个人逼退学。"

　　"可这么做的话，说不定会让我自己成为众矢之的……"

"嗯，谁都害怕成为主导者，贸然将矛头指向自己的同伴反而有可能使得否决票集中到自己身上。"

山内点了点头。

"所以我会帮你。"

"怎么帮？"

"A班里听我话的有二十人左右，我会叫他们所有人将赞赏票投给你。"

"真的？！"

"你的同班同学里应该也会有人将赞赏票投给你的吧？加在一起的话，就算你得到了三十多张否决票也能基本上相抵消了，你是不会退学的。"

"你没在开玩笑？"

"当然没有，但是就算我这边能给你凑上二十票也不代表绝对的安全，所以希望你能当这个主导者，逼一名学生退学。"

"谁呢？"

"嗯……自然不能把对C班有用的学生踢出去，真澄同学，有什么合适人选吗？"

"……绫小路怎么样？"

"绫小路同学呀，好像听过这个名字……"

"啊，嗯，是个存在感很低的家伙，怎么说呢……"

"不需要详细介绍了，说不定他是个合适的人选，你们不是特别要好的关系吧？"

"没有，一点也不熟！就是普通同学！"

"那就让他牺牲一下吧。"

"可是……"

山内希望自己能够得救的心情与无法让同班同学成为牺牲品的心情冲撞在了一起。

但可以肯定的是前一种心情要强烈得多。

"我知道，不管你们关系怎么样，舍弃同班同学的确让人心痛，所以不要想得太多，就当作我们随便找了个学生，而你只是遵从了这一想法即可。"

这样的话就不会心痛了吧？坂柳面带微笑。

"考试结束后，下周一，我们两个人能单独见面吗？我有件事情想告诉你，非常重要的事。"

"什么?！"

这成了笼络山内的决定性一步。

他的幻想在肆意膨胀，以为这会是坂柳爱的告白。

为了使其成为现实，山内无论如何都不能退学。

更重要的是，若不好好按照坂柳的提示去做，可能会被她讨厌。

他受这一想法驱使。

"那就先把和绫小路同学关系好的人梳理出来吧，最好是在神不知鬼不觉中让他退学。"

"知……知道了。"

"但是我有一句忠告要说在前头，山内同学。"

"忠告？"

"请不要把我们给你投赞赏票的事情告诉任何人，要是轻易说出去，你可能有遭人怨恨的危险。"

"确实是这样……"

若只有山内一个人得到安全保障的事情被其他人知道了，嫉妒和反感会扑面而来。

"懂了，我保证不告诉别人。"

"谢谢。"

"不过……"

"怎么了？"

"我没有一点怀疑的意思……就是……你真的会把赞赏票投给我吗？"

"你想要书面保证吗？"

"实在是担心……"

坂柳早就料想到了山内会不放心。

"我会对你出尔反尔吗？就算这么做了也对我没有好处，若是你无论如何也不愿意相信我……那就当我没说过这番话吧，我也必须重新考虑下周见面的事情。"

"等……等一下！我信我信！"

山内拼命挽留作势要退出的坂柳。

"对不起，我竟然怀疑你……"

"没关系的，我懂你内心的不安。"

坂柳露出温柔的笑容，对山内进行最后的忠告。

"还有就是……如果你以后对我做出窃听偷拍这种事情，我们的关系即刻决裂，我和你就是敌人。"

"我绝对不会做那种事情！"

"好，真澄同学，拜托你搜一下他的身。"

"咦，我吗？"

"拜托。"

"……好吧。"

神室不情不愿地对山内进行了搜查。

"事情变得有意思了呢。"

这只是一场游戏。

坂柳的心里从一开始就有了结果。

山内回去后，坂柳和神室继续留在卡拉 OK 的包厢里。

"还不回去吗？"

时间过了晚上八点。

学生不能在这里逗留到九点以后，很快就要离开了。

"你觉得我这次的作战计划怎么样？"

"什么怎么样……"

"绫小路同学不是个普通人，这我告诉过你吧？"

"是吗？你对绫小路可真是上心。"

"不仅如此吧？你应该也在与他的近距离接触中感受到了这一点。"

搞不清楚其底细，但这名神秘学生拥有着让人讨厌的东西。

这是真澄对绫小路的印象。

"他很强的哦。"

"……那么厉害？"

"葛城、龙园还有一之濑等人都不是他的对手。"

"那你呢？"

"哎，说不好。"

"……他真这么厉害啊，你居然会这么说。"

听到这一回答的神室惊呆了，本以为坂柳会立刻回答自己更胜一筹。

"我当然胜过他，但他确实也深不可测，不对……有点不一样，我希望自己成为让绫小路同学自愧不如的对手。"

连坂柳自己也从未意识到，不可思议的情感。

"我会亲手让他退学，要是能在那之前看到他最真实的一面就好了。"

这是来自坂柳心底的期盼。

7

那是发生在周二的事情。第二天，也就是周三，坂柳便从山内那里收到了电话报告。

交涉周旋还有避免遭到他人反感的方法都由她亲自

传授。

她正在自己的房间里下象棋。

"这样啊，以上就是要投否决票给绫小路同学的人？"

一共二十一人，比坂柳料想的还要多，这让她颇为惊讶。

山内一个人的话，恐怕不会进展得如此顺利。

"山内同学。"

"怎……怎么了？"

"果然拜托栉田同学来当中间人是对的呢。"

她是重情义的类型。

"嗯，正如小柳你所说的。"

坂柳认为若山内去求栉田，她不会随便拒绝。

而且坂柳也掌握了栉田的几个重要信息。

"你苦苦哀求她了吗？"

"我……我怎么会做这么丢脸的事情！"

坂柳与神室交换了下眼神，看来山内确实这么做了。

"那交涉就完美了。"

"差不多……"

"明天我会告诉你再把谁拉拢进来。"

"嗯。"

重要的是明天，周四。

接下来如何展开行动，将谁引入山内阵营，坂柳心中已有定夺。

挂断电话后，神室开口了。

"栉田居然会帮忙。"

"哭着求她，她当然会帮忙咯，不过，能拉拢这么多人可是需要一定的口才，看样子栉田这个人相当会说。"

坂柳手握王后棋，看向神室。

"你觉得接下来会怎么样？"

"按这个形式发展下去的话，否决票集中到绫小路身上，然后退学……但是，如果他真像你说的那样是个强敌，应该会采取对策吧？"

"即使他不知道自己被当成了目标？"

"就是不知道会是什么对策。"

"他时刻警戒着，就算现在不知道自己被盯上了，考虑到这个考核的本质，就不会排除因某事而使得否决票集中到自己身上的可能，所以他会先一步想好对策。"

"……什么对策？"

"在班里所有人的面前证明有人阻碍班级发展，理由是什么都无所谓，那个人越没用效果越好。"

坂柳的脑海中浮现出了未来可能会发生在 C 班的光景。

"比如说山内同学，要是他和我合作要除掉绫小路同学的事情被公之于众了，那不就正好能拿来用嘛。"

"对你来说，无论是绫小路还是山内，谁退学都无所谓吧。"

坂柳用另一只空着的手拿起国王棋。

"不，国王必须留到最后。"

坂柳已将所有事情掌控在手。

8

在考试前一天的周五晚上，坂柳待在卡拉OK的包厢里。

"情况怎么样了？"

成员为包括神室、桥本还有鬼头在内的四个人。

"听说今天事情全部暴露了，是堀北同学发现了我在帮山内，消息到底是从哪里泄露的呢？"

坂柳拿起一根薯条往嘴巴里送。

一个学生说道：

"消息源是轻井泽，我说过的吧，要真想除掉绫小路就不要把轻井泽拉进山内那组里。"

桥本正义，坂柳身边的一个学生，之前根据自身的判断盯上了绫小路。

在跟踪过程中发现轻井泽和绫小路关系密切，于是提出了以上作战建议。

坂柳欣然接受，没有拉轻井泽进组，但到了周四却改变了方针。

结果招致了当前的事态。

"要完美实施这次的作战，不是应该尽量不让绫小路知道自己被盯上了吗？"

"嗯，我记得你的忠告，绫小路和轻井泽同学或许关系不一般，如果她知道了，绫小路同学很有可能也会知晓。"

所以，坂柳才规规矩矩地延后了拉她进队伍的时间。

越过周二、周三，特意放在了周四。

看今天事情的发展情况，轻井泽极有可能已经告诉了绫小路。

"是你失算了吧，坂柳？"

神室听着二人的对话，如此评价道。

而桥本开始分析坂柳会出此下策的原因。

"把女生里的中心人物轻井泽拉进来的话，就能一口气获得许多投给绫小路的否决票，甚至有可能达到三十票，你有点贪心了啊。"

"这些人是决定班级最终结果的人，早晚也要让她们知道的呀。"

"可是，不暴露出来的话还能给山内留条活路。"

听着各方面的意见，坂柳乐不可支。

"温顺的草食动物在意识到自己是诱饵以后也会做最后的抵抗，我觉得正因为这样才好玩呢，不想看看他在最后的时间里会怎样挣扎吗？"

"你是因为想看到这个才特意向轻井泽透露了信息？"

"也能验证你的建议是不是对的。"

"但是绫小路告诉了堀北，接着 C 班全班又都知道了，这下子情况就不明朗了呀，山内因为能得到我们的赞赏票，不至于退学，但是绫小路的退学也变得不再绝对，我们已经不能把握退学者身份了。"

投给绫小路的否决票会急剧减少，而投向山内的则会增加。

但是山内能从 A 班得到二十张赞赏票，得以脱离险境。

因此，难以预计否决票最后会集中到谁身上。

听着桥本和神室二人的分析，坂柳不禁笑出了声。

自己已经预见了结果。

神室、桥本，还有山内他们还都蒙在鼓里。

未来浮现在了坂柳的脑海中。

她拿出处于关机状态的手机。

一开机，就看到了山内纠缠不休的来电与邮件。

询问 A 班所持有的大量赞赏票的去向。

十分担心那些票最后会不会投给自己。

"那件对山内同学特别重要的事情，我忘记告诉班里同学了。"

坂柳的语气里丝毫没有忘记做某事的慌乱。

退学者们

终于到了考试当天，周六的早晨。

几乎所有班级的退学者都已经确定了。

A班是葛城，D班是龙园翔。

B班则在采取行动不让任何一个人退学。

有可能这里面谁都不会退学，抑或这几个人全都会离开。

不到最后谁也不知道答案是什么。

就算要除掉谁，只要那个人能从其他班获得一定的赞赏票，计划也会被打乱。

重要的是接下来会发生的事情。

我也并非百分百安全。

这场考核里并不存在绝对。

在教室集合的时间和往常一样，但考核则从九点开始。

现在已经八点三十分了。

给学生留出一些准备时间也是来自校方的关怀，不，是有目的的吧。

在最后的最后都要让学生处于一种疑神疑鬼的状态。

"你最终还是什么都没做吗？"

"做什么？"

"我是在问你，都被推到悬崖边上了，还要像个旁观者一样什么都不做吗？"

"我看上去像做了什么吗？"

"……表面上看不出来。"

"这就是答案，我这次什么都没做，还是你帮了我。"

"要是退学了你可就笑不出来了。"

"像你一样抗争了还退学的话，那才笑不出来。"

这可能成为我与邻座最后的对话。

"是啊。"

堀北的回应很简短。

就这么安安静静地迎接考试吧。

本来是这么想的……可最后又出现了状况。

"希望大家能听我说两句。"

是平田。他昨天和堀北展开舌战，但并没有提出什么实际方案。

只是胡乱地说要把否决票投给堀北。

一部分崇拜平田的学生的否决票或许会流到堀北那里。

但应该起不到决定性作用。

在 C 班，堀北的评价还是相对较高的。

虽然她的直言不讳有些刺耳，但同时也让人觉得可靠。

"我听了昨天堀北同学还有其他同学的话，得出了一个结论，这次的考核……最大的焦点在于把否决票投给谁。"

现在的平田沉着而冷静。

"他还打算说些什么吗？"

"看样子是的。"

否则就不会在现在这个关键时刻开口。

"没用的，他提不出什么方案来，拖拖拉拉给不出个定论。"

不对，恐怕不是这样的。

平田的眼中有某种决心。

"首先我想就昨天说要给堀北同学投否决票的事情道歉。"

他向堀北低头认错。

"你没有必要道歉，你到底想怎样？"

"我只是做出了判断，认为你是个对班级有利的学生。"

"那你看出谁对班级没有用了吗？"

"嗯，看出来了。"

平田回答得很是肯定，这让堀北一时语塞。

"……那你说说看，是谁？"

"我现在就说。"

平田慢慢离开自己的座位，站到讲台上。

就像昨天的堀北那样。

"我很喜欢这个班级，觉得这个班里所有人都不可或缺，不管别人怎么说，我的这个想法都不会改变，但我也知道，这样解决不了问题。"

在无尽的苦恼过后他所找寻到的那个答案。

应该和昨天我听到的东西没有什么两样。

"希望大家能把我的名字……写在否决票上。"

如我所料。

"怎……怎么能这样做呢？"

小雨失声呼喊，紧接着其他女生也纷纷发声。

"就算退学了也没有关系，我已经做好心理准备了。"

"我还在想你会说些什么……你是认真的？"

还不等平田做出回答，堀北就忍不住粗声接着说道：

"就因为实在选不出退学者，所以打算牺牲自己成全别人？"

"你之前说过的吧，要是有学生希望退学，事情就好办了。"

"那是……"

"所以我来当这个人。"

"这个班里没有人希望你退学，为了解决问题而牺牲掉你这个带领全班前进的人，未免也太蠢了。"

"我没关系的。"

C 班内部可以说已经乱成一团。

因为谁都有可能除掉谁，事情的关键从给谁投否决票变成了谁能得到更多的赞赏票。

如果平田不在了，那么以后的考核难度估计会激增。

这就是失去班级中心人物的风险。

"怎么能给平田同学投否决票呢?"

筱原和其他女生纷纷开口拥护平田。

平田这次真的受伤了。

"你们再留我也没用，我已经变得讨厌你们了。"

语调和往常一样，但话语却是刺耳的。

"所以希望你们能理解我。"

"我……我投给平田!"

说话的是山内。

"这是为他好!"

他接着喊道。

"这是山内同学最后的抵抗吧……"

山内昨天应该接触了平田。

恳求平田帮忙，说自己实在不想退学。

这可能也是平田坚定了退学想法的理由之一。

在漫长的沉默过后，茶柱来到了教室。

"接下来开始进行班级内部投票，叫到名字的学生按顺序去投票室。"

并非在教室里一起投票。

因为无法杜绝偷看行为，为了实现彻底匿名而采取了这种方式。

那么结果会怎样呢……

1

A班，公布结果的周六，所有人都在冷静等待着那个时刻的到来。

刚宣布追加考核消息的时候就决定好了退学者是谁。

所有人都对此没有异议。

伴随着公布结果的铃声响起，真岛走进了教室。

这个时刻保持冷静的男人，在今天这样一个日子里也没有多想什么。

不，他在克制自己不去想。

这是他在高度育成高中当老师的第四年。

目睹过很多人退学。

"接下来公布追加考核的结果，首先，获得了最多赞赏票的人是……坂柳，是你，获得了三十六票。"

"没想到大家会投给我，谢谢。"

如同官方讲话般的回答，班里几乎所有人都将赞赏票投给了她。

"接下来……公布是谁拿到了最多的否决票，大家应该也清楚，这里叫到名字的人将会退学，之后收拾好行李，和我一起去办公室。"

教室里没有响起喧哗与吵闹声。

A班学生在严肃等待着退学者的名字被唤起。

"最后一名，得到了三十六张否决票。"

一瞬间的沉默。

然后……

"户冢弥彦。"

这个名字。

在静寂的教室里回荡。

"混蛋，这是怎么回事？！"

教室里立刻响起葛城暴躁的声音。

"葛……葛城大哥……咦，为什么？"

户冢看着葛城，他自己也没想到会是这样的结果。

最终结果是户冢拿到了最多的三十六张否决票，要接受退学惩罚。

葛城则比户冢高一名，三十张否决票。

"老师，这是怎么一回事，该退学的是我……"

"并没有出错。"

真岛回答了葛城的问题，语气平静。

为了改变这一令人无法理解的状况，一名少女开口了。

"好像是葛城同学给你投了赞赏票呢，他人真好。"

这下事实就清楚了。

并非出现了错误，这一切都是设计好的。

"等等，坂柳！不应该是我退学吗？"

"葛城同学你？退学？退学人选从一开始就不是你哦。"

坂柳说得很笃定。

"不要再开玩笑了，你当时说得很清楚，要让我退学！"

"好像是这么一回事，我说过要让你退学……但那不是真的。"

坂柳的笑容温文尔雅，毫不畏缩。

"为什么……为什么要这么做？！"

"答案很简单，户冢同学没有为 A 班带来任何效益，而葛城同学你头脑聪明，运动神经也较为发达，还有沉着冷静的性格，能够发挥一定作用。这个考核是为了除掉没有用的人，要是把优秀人才弄没了那不就太蠢了。"

"啊！"

坂柳的目的不仅如此。

跟随葛城的学生原本不止户冢一个，拿他的退学来以儆效尤，让其他人知道背叛者的下场，这会给 A 班带来极大的震慑。

只要帮了葛城就会被立刻惩处，坂柳要将这一意识根植在所有人脑海中。

"为什么要搞得这么麻烦……"

"当然要尽可能规避风险，在这场考核中，拥有更多赞赏票的是其他班级，要是户冢同学凭借自己的力量收集到了赞赏票，那 A 班再怎么想让他退学都无能为力。"

不能完全抹掉其他班级一时兴起打算救户冢的可能性。

但若是假装将目标瞄准葛城，那么谁也不会给户冢投赞赏票了。

"辛苦你了，户冢同学，离开了这所学校后也请保重身体。"

"呃，啊！可恶！"

户冢弓着腰仿佛要崩溃了一般，葛城也不敢上前贸然安慰他。

葛城不用退学了，户冢本会为此欣喜若狂。

可现在退学的成了自己。

他甚至可能心生怨恨，想着为什么退学的不是葛城。

如果葛城退学了，那么户冢弥彦就可以留在 A 班，就算不情愿，也会跟在坂柳身边直至毕业，然后成为胜利的那一方。

虽然知道这么做对不起葛城，但他还是在心里悄悄幻想过自己的未来。

这一切全都意想不到地消失了。

"不能拿……两千万点救他回来？"

"遗憾的是，我们的点数全凑在一起也不够。"

"户冢，能够改变这一结果的方法……并不存在。"

班主任真岛也难掩心中哀痛。

"……"

户冢说不出话来，只能缓慢点头。

"我先把户冢带到办公室去，东西我一会儿再来收拾。"

这是真岛对户冢最后的关怀。

现在退学一事已经确定了，再继续留在教室里也只会让人难受。

"对了，真岛老师……我可以问一个问题吗？"

"什么问题？"

坂柳叫住了正要将户冢带离教室的真岛。

他让户冢先出去，在走廊等他。

"这次的考核无奈牺牲了户冢同学……那其他班的退学者名单应该也出来了吧。"

"暂时定下来了，确定后会张贴在一楼的告示板上。"

"那个结果不会对葛城同学有影响吗？"

"坂柳你在说什么？"

"我就问一下，做一个参考。"

真岛和葛城都没能在短时间内理解坂柳话里的意思。

没有考虑过另一种可能性。

看着坂柳那放肆的笑容，真岛改变了自己的想法。

"……不管是谁退学都没有影响，'规则'不是那样的，要是有影响的话，你也不能这么轻易让谁退学吧。"

"确实是这样，谢谢您。"

真岛一出教室，葛城立刻逼近坂柳。

桥本和鬼头慌忙站起，堵在二人中间。

这是为了阻止暴力行为的发生。

但是还没等葛城说话，坂柳就先开口了。

"你要是恨我那你可就恨错人了，这是个一定会出现退学者的考核，不管最后是你还是户冢同学，你们都只能坦率地接受结果。投票的不是别人，正是这里在场的 A 班学生。"

"……我知道。"

葛城从没想过要施加暴力，他只想对坂柳道出不满。

但被坂柳给堵了回去。

"那就好，我可不希望你以后自暴自弃，拖了我们 A 班的后腿，但是，万一……你对 A 班怀恨在心……"

"我说了我知道，我不会报复其他学生。"

"谢谢。"

这是来自坂柳的威胁，要是葛城因为户冢的退学而怨恨并来对付坂柳，那么下次就会除掉户冢之外的某一个人。坂柳十分清楚，听话的葛城对 A 班的贡献会是显著的。

这下子葛城完全臣服了，面对坂柳已经无计可施、举起了白旗。

"那么……其他班现在怎么样了呢？"

当然了，坂柳在意的不是 B 班和 D 班。

说到底，她只期待绫小路所在 C 班的结果。

2

C 班。

山内嗒嗒抖腿的声音格外刺耳。

"喂……春树你能不能安静一点？"

池小声提醒。

"闭……闭嘴，我知道。"

"哈哈哈，反正已经注定了你会退学，不对吗？"

"什么鬼，你在说什么啊高圆寺？我是不会退学的。"

山内缓缓回头，笑容有些吓人。

"恐怕这个班里有相当多的人写了你的名字吧。"

高圆寺煽动山内，但池和须藤都没有搭话，一动也不动。

"不会的，这次退学的是我。"

"平田你怎么还在说这种话呀，真是什么都不知道。"

"……什么意思？"

高圆寺拿出手机，脸上还带着无畏的笑容。

"我可是收到了好几个女生转发的信息，内容是这样的：我觉得平田同学明天会牺牲自己，引咎退学，或许会出口伤人，态度恶劣，但那并非他的本意，大家要相信他，只投给他赞赏票。你和山内同学以外的人应该都收到了这条信息吧。"

平田走到高圆寺旁边，瞄了一眼手机。

"看到这样的信息，大部分学生都会心生同情，毕竟你这一年为班级做的事情是实实在在的，说不定赞赏票还会增加不是吗？"

"怎么会这样……"

平田获得大量否决票的可能性消失了。

这下子，慌乱的自然是被暴露在退学危机下的学生。

"绫小路你可真是冷静呢，就像已经知道结果了。"

"你不也知道吗？"

"那我也做不到像你那么气定神闲啊，没有十足的把握，还是会不安。"

"紧张到哆嗦的只有他。"

几乎所有人的视线都集中到了山内身上。

山内会作何反应呢？

他慢慢站起，回头面对高圆寺。

看他的表情，似乎颇有胜算。

"……呵。"

山内嗤笑道。

"差不多了吧，那我就说了……退学的人不会是我。"

"哦？理由是什么？"

"好啊，我就告诉你。"

他已经忍不下去，也就不在意旁人目光。

"你们有多少人给我投了否决票，二十人？还是三十人？我明明没有做什么对不起你们的事情，你们还这么对待我！不过没关系，我原谅你们了。"

他傻呵呵地笑了出来，拍了拍近处池的肩膀。

"抱歉，宽治，让你为我那么担心。"

"啊，嗯。"

池搞不清楚状况，只得点头。

"这个班里有可能退学的，不就那几个人吗？我、宽治、须藤、高圆寺还有绫小路，也就这几个了，他们能得到多少赞赏票呀，我可真是担心。"

"你这话说的，就好像你能拿到很多赞赏票一样。"

"对，我就是能拿到。"

"就算是和你关系好的人，看你可怜，把赞赏票投给你，最多也就四五票，凭这几票你就敢说自己绝对安全？"

"是啊，那就够了，哈哈哈……哎，不藏了，不藏了。"

山内夸张地挥舞手臂。

"我啊，和小柳约定好了，她会给我投二十张赞赏票，也就是说，就算班里的大部分人都给我投了否决票我也不会退学！"

山内摊牌了，觉得已经没必要再隐瞒。

"所以，你们写了我的名字也没用……我有 A 班帮忙！"

投票已经结束了。

山内和坂柳有过那样的约定应该也是事实。

假设他能从 C 班得到五张赞赏票，从 A 班得到二十张，一抵消，他最差也就获得九张否决票。

就这个结果来看，确实也轮不到他退学。

而我和高圆寺，还有之前他列举出来的须藤和池就危险了。

"那你为什么还要那么担心？"

山内不停抖腿，完全静不下来。

这证明了他内心的极度不安。

"那是因为……"

"和敌人做约定，留好凭证没有啊？这可是交易里最基本的东西。"

"不，不是，那个就……"

"光是口头保证的话，要是对方反悔可就完了，little girl 可没有那么善良。"

"这种事情我当然知道！但是没关系！"

山内没有听进去高圆寺的话。

事到如今，他只能相信 A 班把赞赏票投给了自己。

昨天晚上肯定和坂柳确认了许多遍。

"哎呀哎呀，那你可就能放心了，我投给你的否决票是不是就没什么意义了呀？"

"对，没意义，没意义！"

"安静点，山内，走廊上都能听到你的声音。"

此时，茶柱来到了 C 班教室。

"让大家久等了，接下来公布 C 班的投票结果，所有人回到自己的座位上。"

宣判的时刻终于到来。

很快这个班里就会有一名学生退学。

不停安慰自己的山内。

退学可能性较高的须藤和池。

冷静等待结果的平田。

与平常一样的高圆寺。

还有静观态势的我和堀北。

或者是除此之外的其他人。

"我先公布赞赏票数排名前三的学生，第三名是……栉田桔梗。"

听到自己排名在前，栉田松了一口气。

虽然昨天和山内起了争执，但这好像反而让她得到了一定的赞赏票。

况且她还深受班内同学的仰慕，获得这一成绩也理所当然。

"然后是……第二名……"

茶柱的语速微微放缓。

我也预测不出结果会是什么。

"平田洋介，是你。"

"什么?!"

听到自己名字的瞬间，平田闭上双眼仰起了头。

在同学面前展现的丑态没有带来太大的负面影响。

这也间接证明了平田这一年为班级建设付出之多。

特别是女生，对他无比信赖。

就算我不叫惠给班里人发信息，这一点也基本上不会动摇。

"但……但是，平田是第二名……那第一名是谁啊?"

大家预想中的前两名是平田和栉田。

虽说他们分别得了第二名和第三名也算没有辜负期待，但没想到有人比这两个人的票数都高。

"第一名是……"

在宣布名字之前，茶柱笑了一下。

我闭上眼睛。

"你，绫小路清隆。"

果然是这样啊。

"为……为什么?"

最先做出反应的是可能会垫底的山内。

"说的是不是获得最多否决票的人啊,老师!"

"不,就是获得最多赞赏票的人,他得到了四十二票,堪称完美。"

比班级人数都多的赞赏票,这让班里所有人都惊讶了一番。

"你做了什么……"

旁边的堀北也大惊失色。

"不是说了嘛,我什么也没做。"

全是坂柳一人所为。

"接下来宣布否决票最多的人,得到了三十三票,很遗憾,是你,山内春树。"

他再次跌入深渊。

还没有理解眼前发生的事情,就被宣判了退学。

"三……三十三票?"

这可以证明 A 班的人并没有把赞赏票投给他。

否决票第二名是须藤,二十一票,第三名是池,二十票。

山内的朋友们也不甚安全。

"为什么!为什么退学的偏偏是我?!"

山内挣脱了茶柱的手。

"……春树……"

作为朋友，池和须藤不敢去看山内。

他们在等待结果的同时也在心里祈祷山内能够留下。

但应该也倍感痛苦。

如果走的不是山内，那自己就危险了。

"为什么！为什么为什么！到底是为什么啊?！这个考核太荒唐了！太荒唐了！"

"随你怎么想，但这个结果不会改变，山内。"

"闭嘴！！"

从腹腔深处发出的喊叫。

是面对难以接受现实时的咆哮。

"对了，问坂柳，坂柳！她说过要给我赞赏票的！她不遵守约定，这样可以吗？"

"你有证据证明你们之间做过约定吗?"

茶柱询问他。

"我们约定好了！在卡拉OK的时候！我听得一清二楚！"

"我想相信你，可这证明不了什么。"

"太过分了，怎么会……"

"该离开教室了，山内。"

山内听到了，身体却没有动。

"快出去吧，你已经被这个班除名了。"

"凭什么！"

"都到最后了，你还是个悲惨丑陋、无可救药的残次品啊。"

在高圆寺不断的煽动与挑衅下，山内怒了。

"啊啊啊啊啊啊啊啊啊啊啊啊啊啊啊！！"

突然抄起自己的椅子冲向高圆寺。

高举的双臂朝着高圆寺的头部狠狠砸下。

若是击中了就不是疼痛这么简单的事情了，但高圆寺也不含糊。

他抓住椅子腿，轻而易举地止住了下落的攻击，并顺势强行将山内拉到近处。

"你对我起了杀心，以为我会放过你吗？"

山内的脸在抽搐。

"到此为止。"

察觉到高圆寺的危险气息，茶柱连忙制止。

高圆寺听到后，立刻放开了椅子。

"不要再挣扎了，山内，这是为了你好。"

同学们看向他的视线里充满了悲痛。

与怜悯。

他的身体里有什么东西开始坏掉了。

"唔，唔啊啊啊啊啊！"

他当场崩溃，发出的声音像哭泣与悲鸣的结合。

"……快离开教室。"

在茶柱的再三催促下，山内失去了最后的抵抗。

3

少了一个人的教室和平时果然还是有很大不同。

沉重的空气与低落的心情。

但是，在这场一定要有人消失的战争里，有必要分个高低优劣出来。

对班级而言谁有用，谁又是没有用的。

这一切必须有个定夺。

一个人站了起来。

紧接着，陆续有人默默踏上了归途。

一天的休息过后，到了周一，大家又都要回到教室。

那时就没有山内了。

"比预想的还要受伤呢，他。"

"他"当然指的是平田。

他呆呆地坐在座位上，一动也不动。

山内离开后他就一直是那种恍惚的状态。

"平田同学……那个……"

小雨有些担心，小心翼翼地前去搭话。

但平田只扫了她一眼，没有说话。

对于这个班级，平田现在作何想法呢？

这只有他自己知道，但有一件事可以肯定，他必须重整旗鼓，努力向前。

其他学生看不下去了，开始慢慢收拾东西回家。

须藤和池也静静地走出了教室。

我们今天也老老实实回家吧。

波璃加在群里发了信息，大家都表示同意。

"走吧。"

我拿着书包就要离开教室。

高圆寺还留在教室里，我在他面前停留了一下。

"怎么了，绫小路 boy？"

"没想到你也会为班级做事。"

"那不是没办法嘛，我为了不退学，帮了堀北 girl 一把而已。"

"我说的不是这个，你一直在煽动山内吧，好让他只恨你一个人。"

退学的山内会对同学产生怨恨。

而高圆寺始终在充当那个挑衅者，让山内将矛头只指向自己。

凭借自己的力量处理掉了在被告知退学消息后明显丧失了理智的山内。

而在周围人的眼里，高圆寺或许只是个讨人厌的家伙。

"哦，是嘛，我不过想在最近处欣赏他的丑态而已。"

"你说什么就是什么。"

我出了教室，堀北立刻从后面追了过来，抓住我的胳膊。

"绫小路同学，你……是从什么时候开始知道的？知道多少？"

在坂柳提出停战时我就知道我这次基本上安全。我明白她不会利用没有意义的谎言来赢我，就算依靠停战的谎言让我退了学，她也不会开心。

但另一方面，她又利用山内将否决票集中在我身上，逼我退学。

这违反了我们之间的约定，是矛盾的。

为了消除矛盾，必须将否决票无效化。

也就是说，她将 A 班所拥有的、投给其他班的赞赏票的一大半都给了我。

这样的话，就算 C 班有二十、三十张否决票写了我的名字也能抵消掉，直接得正，绝对安全。那么，她为什么要这么做呢？估计是为了让山内春树退学吧，将他塑造成一个坏人，从而使得班级内部对他的评价下降，当然了，并非百分百如此，虽然概率很小，但还是排除不了她暗箱操作让我退学的可能性。

所以我出手让堀北参与进来，并埋葬了山内，还让周围人知道了无辜的我要被除掉的消息，借此获得了同情和守护我的赞赏票，不过成为第一名倒是稍微有点过火了。

"我说过很多次啦，从真正意义上讲，这次的考核我并没有参与进去。"

"……可是……"

"我回去了。"

"绫小路同学！！"

来自堀北的呼喊。

"是你吗？把山内和坂柳同学的关系告诉我哥的人……"

我没有回答，径直下了楼梯。

来一楼看告示板。

上面写了其他班级这次考核的结果。

班级内部投票结果

退学者

A 班 户冢弥彦

B 班 无

C 班 山内春树

D 班 真锅志保

以上三人。

此次考核不涉及班级点数变化。

"弥彦啊……她之前还说是葛城，果然是假的。"

与否决票数相对应，各班赞赏票的第一名分别是 A
班坂柳、B 班一之濑和 D 班金田。其中金田票数最少，
为二十七票，一之濑则以九十八票登顶。这一结果的前
提是几乎所有的 A 班学生都把赞赏票投给了我，可知有
多少学生赞赏一之濑。

这时，有两名学生出现了，或许也是来看投票结
果的。

是葛城和几乎同时出场的龙园。

"你也没退学啊，葛城。"

"……这句话该由我来说，之前还想着离开的人会
是你。"

"哈哈，看来是因为死神眷顾我啊。"

"死神？"

"别放在心上，是你看不到的东西。"

龙园笑着去看投票结果。

"坂柳这一手也真是有点意思啊，特意把你身边唯
一的人给除掉了。"

葛城站在满脸幸灾乐祸的龙园身边，悔恨溢于言表。

"你已经完全放弃了？"

"我再胡来也没有用。"

"就打算这样乖乖跟着坂柳直到毕业？这很好笑。"

"……"

葛城没有说话。

表情却很是瘆人。

一直跟随着葛城的弥彦离开了。

这对他来说也意味着失去了该守护的人。

"怎么了葛城？你也会做出这种表情啊。"

看到葛城的样子，龙园的感受可能和我一样。

"现在的你感觉能让坂柳喝上一壶的。"

"……不要再开玩笑了，话说你怎么打算？你不是捡了一条命回来嘛，还能用这条命来挑战坂柳、一之濑和堀北吗？"

"我没有兴趣。"

龙园立即吐出这句话。

"我和你们A班的契约还在生效，就让我再搞一段时间的点数玩玩吧，今天先跟你道个谢。"

原来是这个目的。

因为对于龙园来说，葛城的退学也就意味着契约的作废。

葛城先一步离开，留下我和龙园。

"跟我来一下。"

我没有拒绝，跟着龙园往教学楼背面走去。

"绫小路，你什么时候成了个好人？"

"我没有参与任何事，不过好像也没人信。"

龙园应该已经意识到了事情的发生。

"不是我做了什么，说到底不过是你的那几个小跟班有了行动。"

我抬头望向天空，回忆起几天前发生的事情。

4

这次的结果是 B 班没有出现退学者，龙园也留了下来。

这两件大事多多少少和我有点联系。

事情要追溯到与日和在图书馆见面，以及把一之濑叫到我房间的那一天夜里。

刚过十点，门铃响了起来。

很少有人会来我房间。

也许是堀北、栉田，或者是绫小路小组里的谁。

但基本上都会提前发个信息或邮件告知一声的。

可手机上没有收到任何联络，也就意味着这次的客人应该非同寻常。

来者到底是谁呢？

"……稀客啊。"

对讲电话屏幕上出现的人出乎意料。

他们正在寒冷的门外等着我的回复。

"门禁……只有楼上有。"

原则上晚上八点以后禁止进入女生所住区域。

不过，就算违反了规定，只要不被发现也没什么大事，就算被发现了，一次两次也不会有什么惩罚。总而言之，女生来我这里并不违反规定。

"什么事？"

我不必做出欢迎的样子，就和平常一样。

"……有点事情想和你说。"

男生先开口了，屏幕上清楚地映照出他盯着探头的眼睛。

看来不是能通过对讲电话说清楚的事情。

"等一下。"

我走向玄关，打开门锁，门立刻被大力冲开……D班的石崎进来了。

这气势容易让人误以为他是来打架的。

"打扰了，你也快点进来吧，外面怪冷的。"

"干吗要把我……"

同为D班的伊吹一脸不满。

"别磨蹭了，快点。"

"真是的。"

在石崎的催促下，伊吹走进玄关。

确实有冷风吹了进来，我赶紧关上门。

一直待在玄关也不是办法，三人进了屋内。

"你们大半夜来找我所为何事？"

听到我的问题，石崎立刻双手合十。

"拜托了，绫小路！龙园大哥怎么才能不退学？"

"……什么？"

这两个人半夜来到这里就是为了拜托我这么荒唐的事情？

"是我听错了？你能不能再说一次？"

"就是说！告诉我怎么做才能让龙园大哥不用退学！"

原来不是我听错了。

"放弃吧，石崎，绫小路不会帮我们。"

伊吹和石崎不一样，不是为了求我才来的。

"话是这么说，可是，也只有绫小路能帮我们了啊。"

"谁知道呢，啊，我是被石崎硬拽过来的，电话打个不停……"

她叹了口气，然后将手机屏幕给我看。

石崎给她打了五十多通电话。

"我怎么能一个人来呢，这可是敌人啊敌人！"

"我来了不也一样嘛，你真是个笨蛋。"

"真烦人……"

石崎和伊吹你一言我一语地说个不停。

"你们应该也不是龙园送来的刺客吧？"

如果是演出来的，那这两个人就厉害了，但事实并非如此。

"怎么可能？龙园大哥……不会让我们做这种事情，你也知道的吧。"

"嗯。"

龙园早已假装败给石崎，退出一线了。

而且看样子他已经坚定了退学的想法。

退一万步讲，假设他不打算退学，那也不会来求我。

因为龙园不可能做这种丑上加丑的事情。

"你真不想让龙园退学？他走了不也挺好的嘛。"

"……呃……话是那么说，但是现在情况不一样啊。"

"什么不一样？"

"啊？伊吹你在问什么啊？"

"就是现在情况哪里不一样？"

"你应该也知道龙园大哥对我们 D 班来说很重要。"

"我不知道啊，我只记得他让我们受了多少苦。"

这两个人真的谈都没有谈拢就来找我了。

不知道是不能理解对方的意思还是怎么回事。

"总而言之，要吵架的话能不能一会儿再吵。"

我给两人的对峙打上休止符。

"啊，我想回去了。"

这两个人意见不合，特别是伊吹，依旧冷着一张脸。

"都这个时候了，就别说这种话了，你也劝劝绫小路啊。"

"我才不要。"

"要吵就去别的地方吵。"

话题完全没有进展，那就让我来问吧。

"从我们旁观者的角度来看，龙园现在被你们班里人所排斥，不是这样的吗？"

"呃……确实有挺多人讨厌他。"

"什么'挺多人'，是几乎所有人吧，你没必要撒这种谎。"

"你闭嘴吧你！我就说'挺多人'了，不行吗?！"

"啊，吵死了吵死了，你口水都喷出来了，能不能别叫唤了。"

"我说了，不要在这里吵。"

房间狭小，动静大了的话隔壁也能听得到。

我摆出动怒了的样子，终于让这两个人稍微冷静了点。

他们或许明白了现在的局势，毕竟不是我叫他们来的。

这样就能接着往下说了。

"龙园不可能不退学。"

我没有拐弯抹角，直接把答案告诉他们了。

因为这样能够让这两个人更清楚现在的状况。

"是吧。"

伊吹点头表示认同。

但石崎不能如此轻易地接受这个回答。

"请务必想想办法！"

他的这股劲是真的，想救龙园的心应该也不假。

"你真不想让龙园退学啊？"

"……嗯嗯。"

除了我和伊吹以外的少数人，大部分学生都觉得石崎讨厌龙园。

这当然是因为我和龙园之间发生的那件事，但是石崎也受了龙园这么久的压榨，居然还会这么低三下四地来求我救龙园。

难道是这一年里培养出来的感情在作祟吗？

可是，这不是一场仅凭感情就能改变结果的考核。

看来有必要和石崎简单明确地说明一下。

"不可能的理由有两个，这次的追加考核结果由班里的否决票来决定，就算你和伊吹，假设还有另外两三个人不把否决票投给他，给了他赞赏票，他所得的否决票还是很有可能超过三十票，毕竟其他人都不想退学。"

"但……但是哦，也有很多人觉得龙园不可或缺。"

D班内部确实有学生认同龙园的能力。

可这还远远不够。

不让龙园退学，那么退学的就有可能是自己，大家冒不起这个险。

"因为把矛头指向被讨厌的龙园最容易。"

正如伊吹所言。

"大家就算升不上 A 班，起码也想顺利毕业，谁都不想背高中退学的黑历史。"

恐怕 D 班里已经就此讨论过了。

答案写在了石崎脸上。

"你作为反抗龙园的代表人物，早就听说了吧？"

石崎点头承认，他表面上应该也同意了。

"伊吹、阿尔伯特，还有椎名，除了这三个人以外，所有人都同意让龙园大哥退学。"

"怎么看这都是一条死路。"

"嗯，确实。"

路已经堵死了。

"所以才来找你啊，是你赢了龙园大哥……"

"先不说有没有办法能让他避免退学，我问你个问题。"

"什么问题……"

"把龙园救回来也就意味着你们班里会有其他人退学，你明白吗？"

这是这次考核的重要部分，必须先问清楚。

"话是这么说……"

"那你有想舍弃的人选吗？"

"没……没有啊，谁会想这种事情。"

这不是一场想救谁、轻易就能救回来的考核。

"绫小路说得不对吗？如果石崎你真心想救龙园，那你主动退学怎么样？号召大家把否决票都投给你，这样的话说不准那个家伙就会没事。"

这个建议冷血无情，但事实上这也是最有效的方法。

龙园深受同学憎恶，即使他拥有普通人没有的胸襟，能想到绝妙的策略方法，一旦结合他之前让班级落到了最后一名这件事，被舍弃也是必然。

"就没有不让任何人……退学的方法吗？"

"这是所有人都想过却又放弃了的一条路。"

"……是啊。"

伊吹暂时呆住了，呼出胸中的浊气。

她知道，不是我靠不住，而是这件事本就是不可能做到的。

"真是浪费时间，龙园非退学不可。"

"可恶！"

石崎十分悔恨，拳头砸在墙上。

"我觉得龙园本就打算什么也不做，平稳度过这三年，但是在知道这次追加考核的内容以后他应该立马就认识到了自己不得不退学，所以他才一言不发，静静等待考核的结束，不是吗？"

他没有牺牲自我、奉献他人这么高尚的想法。

只是选择了不去反抗命运。

"你们也应该尊重他的选择。"

"我……我……"

石崎紧紧握住自己的拳头，咬牙切齿。

他想救龙园啊。

不管龙园有多少敌人，有这么个支持自己、仰慕自己的伙伴也不是件坏事。

龙园那个家伙或许不会承认，但他真的是有个好搭档。

我心生一计。

但想实现这一计划，还有几个未满足的条件。

"要说我能出什么主意的话……"

"是什么？不管是什么都说来听听！"

石崎前倾着身体，焦急万分，想抓住最后一根救命稻草。

可遗憾的是，这根稻草并不存在。

"可惜了龙园的个人点数，如果他一直在接受 A 班给的报酬，现在应该攒了几百万的点数了，对不对？"

"嗯，有这么多，要是他没全花了的话。"

"若他就这么接受退学惩罚，那点数会被如何分配就不好说了，所以应该在退学结果确定下来之前把点数都转移走，这对以后的 D 班也有好处。"

与其被分配给班里每个人，一个人拿上一点，还不如都放到自己的口袋里。

如果是这样，龙园也会答应。

"我……我想要的不是点数！是留住龙园哥的方法！"

"死心吧，石崎，没有必要再纠结这个话题。"

伊吹轻踢了石崎一脚，劝他不要再执迷不悟。

"不过绫小路，我不想去找龙园要钱。"

与其去求他还不如让他直接把钱扔掉。

"这样啊，那石崎你呢？"

"不想！"

这两个人的思考方法虽然不同，但方向似乎是一样的。

龙园退学了的话，个人点数不要也罢。

他们有着这样的精神准备。

不，还称不上是精神准备这么高端的东西。

"很遗憾，你们救不了龙园。"

"什么?!"

石崎盯着我，脸上不知是愤怒还是悔恨。

"听好了，你们能做的就只有回收个人点数，这场考核没有那么简单，不是想救谁就能救谁的。"

"开什么玩笑！把点数从龙园大哥那里抢过来，然后把他送走？我做不到！"

石崎扬起拳头，但立马被伊吹阻止了。

"不要做无谓的挣扎了，这家伙看着正常，实际上是个十足的怪物。"

"就算我打不过他，也能给他来一拳！"

"不可能的。"

石崎的脑袋挨了揍。

"来向他提无礼要求的是我们，绫小路没有说错，你生什么气。太丢人了，你能不能冷静点？"

"唔……"

石崎大脑充血。

一谈到龙园的事情，他就冷静不下来。

这两个人好像都不打算做什么。这几百万的点数若凭空消失了的话挺可惜的，为了以后的 D 班，也绝对该收集起来。

但如果连作为 D 班成员的伊吹和石崎都没有这个意愿，那就没办法了……

"我其实想看到你们更多的精神准备。"

"……嗯？什么精神准备？"

"你们连从龙园那里把点数收回来都做不到，那我就没什么好说的了。"

我结束了和他们的对话，但我基本上能确定，伊吹二人绝对会从龙园那里拿到点数。

5

在考核前一天晚上十点多的时候，我的电话响了。

"是我，已经将龙园的个人点数全部回收了。"

伊吹把事情干脆地告诉我。

"你知道我的电话啊。"

伊吹没有作声。

我之前把号码告诉了椎名，估计是从她那里得知的。

"哦，收回来了啊。"

我知道她早晚会行动，但也真是够晚的。

"现在能带着石崎到我的房间来吗？"

"咦？现在？"

"有什么问题吗？想说说有关收回来的个人点数的事情。"

"没什么问题……明白了。"

伊吹爽快答应，说会马上和石崎联系，然后就挂断了电话。

可能是预感到了什么，才过了十分钟，这两个人就出现了。

我立刻让石崎和伊吹进到我的房间里。

"龙园有多少钱？"

"五百万多一点。"

"足够了，要是不够的话我这边还要着急慌忙地准备。"

龙园果然没有挥霍这笔钱。

"什么意思啊，你要做什么？"

石崎还是一头雾水。

而伊吹决心已定，完全不迷茫。

"你要拿这笔钱做什么？"

"拿个人点数要做的只有一件事，就是救龙园。"

"不，不是，等一下啊，说的不是两千万点吗？"

现在这点钱完全不够。

"我先问你一个问题，石崎，你做好精神准备了吗？"

"什么啊，突然问这个，什么精神准备？"

"留下龙园就意味着要舍弃谁，我之前说过的吧？"

"……嗯。"

石崎有些慌乱，但还是点了头。

"我做好精神准备了。"

"嗯，你做好精神准备了就行，所以，要除掉谁？"

"除掉谁……"

这个问题石崎还没有想好。

"你定不下来的话，就由我来决定，这样你的罪恶感也能小一些，当然了，如果你觉得我是在乘机除掉 D 班的重要人物，那就没必要听我的。"

"等……等一下，让我稍微想一下……"

"没时间了。"

"马上，我马上给你一个答复。"

如果真能这么快决定就好了。

"等等，先不说要除掉谁，关键策略是什么？就算要拿这笔钱救龙园，可也还差一千五百万点。"

伊吹会感到疑惑也是自然。

不过，我这么做自然也有我的道理

"为了不让龙园退学，我希望你们决定一下目标
人物。"

具体策略之后再说。

"比如你们班里的问题人物是谁？"

我知道伊吹心有不满，但还是让我先把话往下说吧。

"问题人物，呃……我和小宫算是，女生的话就是
西野和真锅了吧。"

"为了留住龙园而让像你这样能够理解龙园的人离
开，说实话，不是一个好方法，要是再来一个相似的考
核，龙园就不一定能留下了。"

这下石崎心里应该有人选了吧。

"也就是把西野或真锅……"

他说道。

这两个人我都有印象，真锅就是那个我曾想除掉的
学生。

然而，决定权还是在石崎他们手上。

看他们说要除掉谁，就按他们说的做。

"那就看你是要二选一还是再选别人了，由你来
判断。"

石崎也知道真锅和惠在船上考核时发生过纠纷，若

这件事能给石崎的判断带来一丝影响，他选中的人十有八九是真锅。

他在思考退学人选以前是否有不当之处，就是因为你曾经犯过错所以才让你退学的，寻求这一心灵的慰藉。而真锅就曾经伤害过惠，捅了马蜂窝，让她退学也是无奈之举。

石崎的心里产生了这样的念头。

虽然之前的问题已经解决了，但对于惠来说，真锅的存在永远都是个隐患。要是她能够消失，那么惠将轻松许多，同时，如果惠意识到这件事是我的功劳，那么她对我的信赖程度也会更上一个台阶。

但这时我耳边响起了意外的声音。

"可以由我来决定吗？"

"咦？你？"

"嗯，我想让一个人退学。"

"是谁？"

不待石崎回复，我先开口询问。

"我想让真锅消失，原因就一个，我不喜欢她。"

"就因为这个？"

"没必要想太多。"

伊吹的眼神很坚定，我立刻明白了她的意思。

"石崎你没意见的话，那退学者就定为真锅了，但是，还没有办法保证结果一定会是她，只不过让龙园减少了退学的风险，最后会退学的还是得到最多否决票的那个人，你和伊吹都有可能成为那个人，你们要想办法降低这一可能性，留给你们的时间不多了。"

"知道了……我会叫男生把票投给真锅，跟他们说目的是让真锅的否决票数仅次于龙园，好吓吓她，男生们应该会照做的。"

"这个主意不错。"

我同意了他的做法。

那些人会觉得既然投给龙园的否决票已经固定了，那给其他学生投几票也不会有问题。

"……哎，离开的人可能是我。"

"啊？为什么这么说啊，伊吹？"

"真锅她们多半会写我和龙园的名字，我肯定危险。"

"啊，怎么回事？真的假的？"

"你知道我和真锅关系不好吧？"

"这倒是……"

石崎之前没有想到这一点，他动摇了。

伊吹已经做好了心理准备。

如果最后的退学者不是真锅，那也没有办法。

"女生那边，就找日和商量商量。"

"和椎名商量？"

"这次的事情她可能帮得上忙，就说是为了帮龙园，想把否决票集中到真锅身上。"

276

"……明白了。"

伊吹点了点头，给日和发去信息。

"你和椎名有联系？我可不觉得她会答应除掉真锅。"

"关于此次考核的事情我问过她。"

她虽然奉行的是和平主义，但还是会把班级利益放在首位。

"她说只要对班级有利就行，而且她也觉得龙园留在D班是件好事，所以应该会帮这个忙。"

要尽可能地控制男女生的票数。

减少给真锅的赞赏票，增加否决票。

另一方面，增加给伊吹的赞赏票，减少否决票。

仅凭这一点，开始时存在的巨大差距就会迅速缩小。

"你就把策略告诉我们吧，你打算怎么用这区区五百万点救龙园？"

伊吹的眼神也在催促着我。

我拿出手机，给某人发去信息。

信息立刻标记上了已读，对方回复说会来我的房间。

离最后期限只有不到两个小时了。

她居然耐着性子等到了现在。

"你在干什么？"

"现在有一个人会过来，这个人是阻止龙园退学的王牌。"

"阻止退学的……王牌？"

他们一下子理解不了吧。

几分钟过后，门铃响起。

伊吹和石崎的心一下子提了起来。

"看到我们和你在一起怎么办？"

"不用担心这个，但拜托你们不要乱说话。"

在等待客人到来的这一段时间里，我已经告诉了二人该怎么走这步棋。

6

"打扰了。"

在看到来客的身影后，两人果然很是惊讶。

恐怕想都没有想过会是这个人。

"真的假的？"

"哇哦。"

"哇，我就知道还会有其他人在场……晚上好。"

"晚……晚上好。"

石崎不知为何有点害羞。

没错，来到我房间的是一之濑帆波。

D班的伊吹和石崎也在。

伊吹在看到一之濑后，终于搞清楚了事情的来龙去脉。

"因为我们的利害关系是一致的呢。"

"什么啊，这是怎么一回事？"

石崎还没有搞懂。

278

"好像是这样的呢，伊吹同学。"

"没有人想帮龙园，就算有人说要把赞赏票投给他，也不知是真是假，但……还是有例外的。"

"这……这样啊，一之濑会带领整个 B 班……"

石崎终于跟上了节奏。

"嗯，我会呼吁 B 班的同学们将拥有的四十张赞赏票全部投给龙园同学，作为回报，伊吹同学要补足我们不够的个人点数。"

这是只能采取一次的策略，占尽了天时地利人和。

从入学时就开始考虑全班一起收集个人点数的一之濑和跟 A 班签订了契约、一直在积攒点数的龙园。

"你们若能联手，B 班就不会出现退学者，龙园也能留在 D 班。"

龙园最多获得三十张否决票。

一旦获得 B 班的帮助，他就能转危为安。

伊吹和一之濑对视。

这二人平常没有什么联系，也不存在信赖关系。

但是，就这么看着对方的眼睛，或许也能够在某种程度上做出判断。

"我要用两千万点救回被投票选中退学的学生……"

她再次将视线转向伊吹。

"你是接受还是不接受？一之濑你来决定。"

一之濑有选择的权利。

　　她还有一条路，那就是拒绝伊吹她们去借助南云的力量。

　　"我已经决定了哦，伊吹和石崎同学同意的话，就让我们一起联手。"

　　"真的？"

　　"嗯，看样子二位也已经想好了。"

　　"一之濑你真是个傻瓜。"

　　"咦？"

　　"被传了那么多恶臭的谣言，现在还为了救别人，把存的点数全都掏出来。"

　　"个人点数没了再存就是了，反正现在也知道了一年存将近两千万的点数并非不可能。而且，我觉得伊吹同学你没有资格说我哦，现在明明可以把五百万点收入囊中，可为了救龙园同学，还是决定了要把它们用掉。"

　　伊吹没有作答，移开了视线。

　　"你和我不一样……而且，我们班有人要当龙园的替罪羔羊，这个人很有可能会是我。"

　　"就算这样你还是要救龙园同学的吧？"

　　"我只是……不想欠他人情。"

　　她已经做好了会被其他人怨恨的心理准备。

　　伊吹将一定数额的个人点数转给了一之濑。

　　"你确认一下。"

　　"嗯。"

一之濑立刻检查自己的余额，查看是否已经有了两千万。

"谢谢，正好。"

她将手机屏幕展示出来，数额正好是两千万。

"我是这场交易的公证人，谈话的内容也已经记录下来了。"

我拿出手机，展现约定的公平性。

"伊吹提供了大约四百万的点数，作为回报，一之濑全班四十人要将赞赏票投给龙园，若是违反了这一约定……"

"我会主动退学，虽然我觉得不会到这一步。"

当然了，我、伊吹，还有石崎都这么觉得。

巨额的金钱交易有记录，校方看得到，若是不履行约定，很有可能被定性为诈骗。

不过，也因为对方是一之濑，所以伊吹她们能安心把钱交给她。

这就是我和一之濑，以及伊吹和石崎之间的故事。

7

教学楼后面静悄悄的。

"你之前说只要认真了，退学的就不会是自己，就是因为知道有这个方法吧？"

"嗯，我知道一之濑那个家伙也在积攒点数，而且看她那个老好人的样子，就算讨厌我，也还是有交涉余地的，但是伊吹并没有拿点数找她商量这件事的脑子，也不会说话，所以我才放心把点数交给她的……没想到被你掺和了一脚。"

"伊吹二人来拜托我，所以就利用了他们一下。这件事对于构建我与一之濑的信赖关系也有好处，要是我直接去找你，定会被你看穿，而不会把点数拿出来的对吧？"

"你没事先向伊吹解释是对的。"

要是这么做了，龙园就会察觉到什么，看穿背后是我在指挥。

"将真锅列为目标人物的是你吗？"

惠被真锅霸凌过，他会这么想也自然。

"不，这只是偶然，你知道她和伊吹的关系也不好吧？"

"原来如此，伊吹她也下了狠心，真锅那家伙在班里叫得那是一个惨。"

可以想象当时教室里的反应是什么样的。

"石崎和伊吹救了你，真是个幸福的烦恼啊。"

"也许吧。"

我没有再细说。其实，如果那天伊吹二人没有来我的房间，我估计就去找日和说这件事了。

让她收回个人点数，采取相同的行动。

这是为了卖一之濑的人情，同时我也不太想让龙园退学。

这就是我对于这次考核的想法。

"要是又来一次相同的考核怎么办？"

"哈哈，谁知道呢。"

他没有说自己什么都不会做。

在龙园的心里，应该也对伊吹和石崎产生了一点异样的感情吧。

要是在不久的将来，龙园回到领导人的位置，那就有意思了。

但事情的发展当然还是要看龙园。

我的手机响了，屏幕上亮起了一之濑的名字。

意识到有人给我打来了电话后，龙园什么都没有说，直接转身回学校了。

"听说 B 班没有出现退学者，顺利通过了考核。"

"嗯，大家将否决票集中在了主动承担这一任务的神崎同学身上，确定退学者身份，然后再支付两千万点取消退学，虽然挺险的，但好在 B 班所有人都没事了。"

"这样啊，不过这个代价可是不小呢。"

这下 B 班比 D 班还要穷，尽管是暂时性的。

虽说四月会进一次账，但他们注定会度过一段相当困苦的生活。

而且说不定到了二年级很快就会需要用到个人点数。

这种事情她不可能不知道。

"个人点数没了还能再攒回来，可是珍贵的伙伴一旦失去了就再也回不来了。"

看来我说的话是多余的。

一之濑的心中没有迷茫。

从她的话语中可以感受到她坚定的信念，那就是和B班全体成员一起毕业。

"最后退学的是真锅同学，龙园同学可能不喜欢这个结果呢。"

我没有告诉她我刚和龙园见过面，直接将这一点略过。

"你和真锅的关系好吗?"

"一般吧，也就说过几次话，但还是有点不舍。A班走的是户冢同学，C班是山内同学……"

她或许不敢相信这是现实发生的事情。

"还会有人像这样离开吗?"

一之濑感到不安，问道。

"可能会有吧。"

眼睁睁地看着同学突然消失。

"就算这样你还是会继续抗争吗?"

"嗯，我会和现在的所有伙伴一起升到A班，一起毕业。"

可能之前还会有人觉得一之濑是伪善。

但经过这件事，现在可能完全改观了。

明白不管发生了什么，一之濑都会为了守护自己的班级而战斗到最后一刻。

"……真的谢谢你，绫小路同学，如果没有你的话，我……"

"就和南云交往了？"

"……嗯。"

一之濑回答道。

"我也知道这很傻，但我一直告诉自己，如果这样能帮到同学，那就是值得的。可是……在知道自己不用选择这条路的时候，心里还是松了口气。"

隔着电话，我听到了她卸下沉重心理负担后的呼吸声。

"因为我以后一定会后悔的。"

说完，一之濑又笑了。

"如果没有我和学生会会长，你会怎么做？"

"……为什么问这个？"

"别在意原因，你不会没有想过这个问题吧？"

"想过，有两个方法，一个是我主动离开。"

一之濑果然考虑过由自己主动退出。

"但是吧，还是有点不甘心，作为这所学校的学生，我想要战斗到最后。"

所以另一个方法就是她倾向于采用的了。

"另一个是……抽签。"

"原来如此……"

这个方法谁都能想得到，同时也需要所有人的同意。

"B班所有人之前都做好抽签的心理准备了？"

"嗯，我们讨论决定好了，如果到了考核当天还是没有准备好避免退学的方法，那就抽签，没抽中的三个人的名字会被写在否决票上。大家没讨论会把赞赏票投给谁，到时候直接投。"

不看学生能力的高低，进行平等裁决的话就只有这么做。

就算一之濑成了那三个人之一，她的赞赏票也会抵消掉否决票，但大家也全都能接受这一结果。

"这是能够实施的最公平的方法了，可这要是放在其他班级则绝对成立不了。"

越优秀的学生意见越大。

"谁都不想退学，但也不希望看到自己的伙伴离开，我详细解释后，大家就都同意了。"

这是因为B班有一之濑这个绝对领导人吧。

"我甘拜下风。"

我低下头向一之濑表示敬意，虽然隔着电话可能传达不过去。

这个方法不算厉害。

能实施这一方法才叫人折服。

"就说到这里吧，再见，真的谢谢你，绫小路同学。"

"我不过是搭了个桥，你应该感谢的是龙园他们。"

8

有人给我发来了一封邮件。

"是坂柳啊。"

虽然不知道她是从哪里搞到我的邮箱地址，但我还是看一下内容吧。

本以为她必定是要叫我去告示板那里，但是……

她说她会在特别教学楼等我，于是我动身前往那里。

虽然马上就要过约定时间了，但估计现在去还能赶上。

我很快就到了特别教学楼，我们两个人之前说过话的地方。

"你来了呀。"

"既然你知道我的邮箱，那电话号码应该也有吧？"

"如果你不打算来，邮件更好办些。"

"要说什么？"

"我想先说明一下。"

坂柳拄着手杖稍微拉近了和我之间的距离。

"因为造成了点混乱，还想着你会不会因此产生了一些不安，看来是我瞎操心了。"

坂柳说的自然是利用山内给我投否决票的事情。

"在你来找我说想推迟比赛的时候，我基本上是相信你的，但还是没能完全信任你，所以就采取了一些措施。"

"我知道，但我并没有违背约定吧。"

"绝不会害我，这句话确实没假。"

虽然在心理上给我增加了负担，但从结果来看，我获得了压倒性数量的赞赏票。

我没有任何责怪坂柳的资格。

"谢谢。"

坂柳轻轻低头表达谢意。

"对了……户冢同学最终的否决票是三十六张，本应该一共三十八张，是你给他投了赞赏票吧？"

"因为我不确定，总觉得你说要让葛城退学的事情只是个幌子。"

那样的话，跟在葛城身边的弥彦就有可能成为那个退学的人。

不过就算我投了他一票也不会带来任何结果上的改变。

"真好，你果然值得当我的对手。"

"所以呢？这次的事情就只是为了逗我玩一下吗？"

"这个……就算我说不是，你也不会信，但我想要延后比赛是有理由的，不久之前我也说过相似的话，这场追加考核绝对是有人想让你退学而准备出来的东西。

事实上，还有人给我发了邮件，让我逼你退学。"

"邮件？"

"是的，估计是停了我父亲职务的校方人员吧。在这场追加考核里，规则原本不是给其他班级投赞赏票，而是投否决票，所以没错，这就是一场极其不讲理的考核。"

"如果实行了那样的规定，那么不管是谁，都能被联合逼至退学。"

无论是坂柳还是一之濑，只要想打倒她们……

"是的，在现任教职员工的强烈反对下，才避免了那种情况的发生，但也没有什么能比配合那些人逼你退学更无趣了。所以为了能够保住你，我决定将 A 班所持有的全部赞赏票都投给你，这样的话就算有人在暗地里捣鬼，你也不会退学。"

"那为什么选了山内？他只是碰巧被你利用了吗？"

"还记得吗？之前集训的时候他撞倒了我，却连个道歉都没有。"

是有这么一件事。

"为了报复他。"

仅仅因为那一件事情，山内就被坂柳当成了眼中钉。

不，这点事情对坂柳来说就已经足够了。

"但我也只是制造了一个契机而已，他离开纯粹因为他对班级来说是个没用的学生。"

"是啊。"

就算坂柳不参与，这次的考核应该也会是这个结果。

"这就是我没有选择用这场考核来和你比赛的最大原因，希望接下来父亲能尽早复职，恢复学校正常的运作……"

特别教学楼里本应该没有其他人。

但在这个只有我们两个人的空间里，突然出现了一个身影。

"哦，你们好。"

一个身着西装的男人出现在我们面前。

"我是第一次来这所学校，你们知道职员办公室在哪里吗？"

"办公室啊，那可就找错地方了，您是哪位呢？"

"我是即将担任代理理事长的月城。"

他轻轻摆手，笑容可掬。

看样子四十多岁，和坂柳父亲一样是个年轻的理事长。

"哈哈，这样啊……如果您偶然迷了路误入这里，那您这个代理理事长可是相当路痴呢，还是说……我怎么觉得您是通过监控录像看到了我们，这才找来的呀。考核期间我和绫小路同学在这里悄悄见过面，如果您时刻监视着我们，倒很容易找来呢。"

听着这番话，我想起了坂柳上次那个不自然的视线。

如果有人看到她和我在此会面，说不定能把对方引出来。

如此想来，对方是上钩了。

月城代理理事长笑着搪塞了过去。

"你可真有意思呢，不对不对，我听说这是一所能让人心情愉悦的学校，是不是所有人都像你这样啊？那我就先走了。"

男人想要从我们中间穿过去。

"如果您在找办公室，就应该掉头回去哦。"

坂柳礼貌地告诉他，而月城则带着笑脸直接将坂柳的手杖踢飞。

她自然来不及做出反应，眼看就要跌倒在地。

"咚。"

我急忙抱住她，于是，一股强劲的力量直接瞄准了我的身体。

抱着坂柳的我没有办法自由活动，虽然受得住那一击，但还是极力控制身体，先将坂柳放在了地上。再次袭来的手腕直接抓住了我的脖子，以异常的力量将我压到墙上。

"没有传闻的那么厉害嘛，绫小路清隆同学。"

我的喉咙被他紧紧掐住，发不出声音。

他以一股从外部看根本想象不出来的力量控制住我，使我无法轻易挣脱。

"……您现在所做的事情真是不可思议呢，代理理事长。"

"应该给你下了命令吧，坂柳，要让他退学。"

"那封邮件是你们的人给我发来的吗？学校的人没办法直接逼迫学生退学，倒有可能来拜托像我这样的在校学生。"

坂柳慢慢地站了起来，脸上还带着笑容。

"谢谢你，绫小路同学。"

坂柳身体有缺陷，叫她躲也躲不开。

到时候事情就不仅仅是摔倒那么简单了。

"代理理事长对学生施加暴力行为，您觉得这合适吗？"

"不需要担心，这里的监控画面已经被替换掉了。"

也就是说不管发生了什么都不会被记录下来。

"话说回来，你父亲要我告诉你他不打算再和你玩这种小孩子的游戏，马上回去，同意的话你就眨两下眼睛吧。"

连话也不让我说，也没有拒绝的选项。

像极了那个男人的作风。

"看来你没有主动退学的意思。"

我什么也没有做，始终保持着沉默。代理理事长颇为无趣地嘟囔道。

"你都不反抗吗？让我看看你不普通的地方呀。"

喉咙处的力量增强了。

他不是一般学生能对付的人，实力超群。

"你就这点本事？让我看看你真正的实力。"

再一次的挑衅。

但我还是没有进行任何反抗。

月城终于明白了我并没有反击的打算，他松了手。

"我将在四月正式开始行动，敬请期待。"

留下这么一句话后，男人离开了特别教学楼。

"你的选择是对的，绫小路同学。"

坂柳表扬我没有进行任何反抗与攻击。

"对方可是代理理事长，要是我不小心反击了，那就不知道会被怎么处置了。"

虽然对方说监控画面被替换了，但说不定他给这里发生的事情进行了录像，要是再删掉代理理事长先动手的画面，那我就完了。

"你身体没事吗？"

"不必担心，我已经习惯了。比起这个，坂柳……"

"嗯，怎么了？"

"下次考核里要和我正式比赛吗？"

听到这句话的坂柳睁大双眼，感觉很是惊讶。

"没想到你会当面和我说这个。"

"那个男人四月开始就要行动了，我应该也没时间再和你纠缠，所以想早点解决。"

"好的呀，一次性解决，我很乐意当你的对手。"

一年级最后的考核马上就要开始了，就趁这个机会结束坂柳所期望的比赛吧。

9

周一。

学生中有人还在抱着这样的微弱期望。

山内是不是会来上学？

那场考核所说的退学会不会只是在吓唬人？

但现实是不近人情的。

教室里摆放的桌椅从周末开始就已经少了一组。

这里已经没有山内春树的容身之地了。

平田脸上没有笑容。

栉田也是一样。

须藤和池他们也无精打采。

"接下来，我将宣布一年级最终考核的内容。"

我们 C 班，就这样踏入了一年级最后的特别考核。

后记

大家身体还好吗？新年快乐！我是没来由地在深夜里写后记、现在情绪异常激动的衣笠。

嗯，年纪越大就越不能熬夜了，我在十几岁的时候，可是有过连着两天（四十八个小时）都不睡觉的经历！以前居然还觉得这没什么，现在稍微熬久一点（二十个小时）就像要死了一样，不知道自己是从什么时候开始变成这样的。

大家要坚持每天睡六个小时以上哦。

是的，以这本书为分水岭，一年级系列就要结束……

还没有……结束！

上本书的后记里写了这次可能会结束一年级系列，但实际上并没有。

本来想在第十本写完"追加考核"和"一年级最终考核"这两个故事，但光是前者就写了这么多，我没有强行将两个故事塞在一起，所以就成了现在这样。

没想到这成了页数颇多的一本，下一本一定会讲完一年级的故事。预计会加一本番外，随后进入二年级。

　　一把计划写进后记就会发生点变故，我有点不放心。

　　……还是不考虑这个了。

　　和书里不一样，现实生活中的一年是过得很快的！明明感觉前不久才到二〇一八年，现在居然已经是二〇一九年了，真是不敢相信。

　　虽然我想从四个月出一本变成三个月出一本，但数年来也没能实现，真是令人焦急，不过，我每次都是以三个月为目标在努力的哦。

　　二〇一八年同样受到了插画师知世先生和编辑大人的关照，二〇一九年也要麻烦他们了，还请继续多多关照我！

　　说了这么多，希望大家在二〇一九年也能多多支持这部作品。